novum pocket

novum pocket

Evi Zillik

Einundneunzig Jahre so dahingeholpert

Verkorkste Lebensjahre im
2. Weltkrieg und andere Pannen

novum pocket

Bibliografische Information
der Deutschen Nationalbibliothek:

Die Deutsche Nationalbibliothek
verzeichnet diese Publikation in der
Deutschen Nationalbibliografie.
Detaillierte bibliografische Daten
sind im Internet über
http://www.d-nb.de abrufbar.

Alle Rechte der Verbreitung, auch
durch Film, Funk und Fernsehen, fotomechanische Wiedergabe, Tonträger, elektronische
Datenträger und auszugsweisen
Nachdruck, sind vorbehalten.

Gedruckt in der Europäischen Union
auf umweltfreundlichem, chlor- und
säurefrei gebleichtem Papier.

© 2022 novum Verlag

ISBN 978-3-903382-72-5
Umschlagfoto:
Pavol Stredansky | Dreamstime.com
Umschlaggestaltung, Layout & Satz:
novum Verlag

www.novumverlag.com

Meine Zeit in der BRD

Bis zum Jahre 1981 wohnte ich noch in meiner Heimatstadt Danzig (Gdansk). Im Sommer jenes Jahres, nach einem Riesenstreit mit meinem damaligen Freund W. beschloss ich, dieser Stadt und dem heimischen Meer nun endgültig den Rücken zu kehren. Systematisch und ohne jemandem ein Sterbenswörtchen zu sagen, begann ich mir meine Ausreisepapiere zu erledigen. Da ich dort alleine ohne meine Familie lebte, lief alles relativ zügig ab. Am Ende des Jahres 1981 hatte ich meinen Pass in den Händen und zeigte ihn triumphierend meinem überraschten Freund. Aus mit der Heimat, ein neuer Abschnitt meines Lebens sollte beginnen.

Ich begann mit der Auflösung meiner Habseligkeiten und bestellte mir bei meinem Schwager A. – ein Tischler – drei riesige Holzkisten mit stabilen Verschlüssen, um einige wichtige Dinge zu transportieren. Meine Wohnung, in der noch mein Freund mit mir wohnte, unterlag dem Wohnungsamt, musste daher geräumt werden. Anfang des Jahres 1982 plante ich meine endgültige Abreise. Jedoch hatte ich die Rechnung ohne den Wirt gemacht. Noch vor Jahreswechsel wurde der Kriegszustand verhängt. Von dem damaligen General Jaruselski. Alle Ausreisen wurden sofort gestoppt. Nun hieß es abwarten, was weiter wird.

Einige wichtige Institutionen in der Innenstadt wurden beschossen und es gab ein allgemeines Chaos und

Verwirrung unter sämtlichen Einwohnern. Ich war ziemlich geschockt. Was nun? Als im Januar 1982 noch kein Ende abzusehen war, ging ich kurzerhand zur Polizeistelle und schilderte meine damalige Situation. Alle Möbel und andere Sachen waren verkauft, ich befand mich in der leeren Wohnung ohne Einkommen und wartete Tag für Tag. Dieses leuchtete den Beamten ein, kein Dauerzustand das alles. Also erhielt ich eine Sondergenehmigung um abreisen zu können. Jedoch hatte ich das zweite Mal die Rechnung ohne den Wirt gemacht. Mein Untermieter, sprich mein Freund, wollte nicht ausziehen. Er erfand laufend neue Vorwände, um nicht gehen zu müssen. Ich wurde sehr unruhig und sehr nervös. In der Zeit wiederholten sich auch meine Anfälle von Herzrasen. Ich hatte viel Mühe mich da durchzusetzen. Endlich schaffte ich es. Die letzte Nacht schlief ich bei meiner Nachbarin nebenan. Morgen, am 24. 02. 1982, sollte für mich ein neues, anderes Leben beginnen. – Zunächst musste ich nach einer längeren Bahnfahrt, Tag und Nacht, in ein Auffanglager nach Friedland. Von dort rief ich meine Familie in M. an. Man hatte mir gesagt, wenn ich mich nicht gleich für M. entscheide, stünden die Aussichten dort je eine Wohnung zu erhalten, schlecht. Also regelte ich per Telefon, dank der Einwilligung meines Schwiegersohnes Sch., dass ich vorübergehend bei meiner Familie wohnen durfte. Das war mit meiner Mam zusammen in einem Zimmer, sie wohnte in derselben Wohnung. Meine großen Kisten wurden inzwischen in einem Lagerraum bei M. aufbewahrt. Nach den Anmeldeformalitäten suchte ich mir bald eine Verdienstmöglichkeit. Die fand ich vorerst in der Frauenklinik Dr. Wolfahrt in Gräfelfing. Mein Dienst begann um 7:00 Uhr früh bis 14:00

Uhr mittags. Sehr früh hieß es aufstehen und sich leise aus dem Staube machen. Natürlich waren unsere Wohnverhältnisse sehr beengt und darum trat ich sobald als Mitglied der Wohnungsgenossenschaft München West bei. Eine Weile lang wurde ich immer wieder vertröstet. Es gab keine kleinste, leere Wohnung, hieß es. Im Sommer 1982 intervenierte ich schließlich beim O.B. der Stadt M., schilderte meine Verhältnisse. Eigentlich war ich ja noch in der Übergangsphase und bis zum Erhalt der deutschen Staatsangehörigkeit staatenlos. Nach ca. 1 Jahr erhielt ich einen deutschen Ausweis, war somit wieder deutscher Staatsbürger.

Nachdem in Gräfelfing nach 2 Monaten keine Beschäftigung mehr für mich war, begann ich anschließend in einem Hotel in M. eine Tätigkeit als Zimmermädchen. In dieser Zeit, Sommer 1982, erhielt ich überraschend eine kleine Wohnung ohne Bad zugewiesen. Da war ich erst mal froh eine eigene Bleibe zu haben. Mit einer Kollegin aus dem Hotel feierten wir in der komplett leeren Wohnung auf Holzkisten sitzend, mit einem Glas Sekt. Kurz darauf lernte ich den S. kennen, welcher nicht mehr von meiner Seite wich. In der Zeit begann ich mit seiner Hilfe meine Wohnung allmählich einzurichten. Die anfallenden Malerarbeiten übernahm er. Es wurde sogar alles tapeziert. Alsbald zog er bei mir ein, da er ein miserables Zimmer bewohnte. Nach kurzer Zeit machte er mir als geschiedener Mann einen Heiratsantrag. Sobald die Wohnung einigermaßen eingerichtet war, feierten wir zusammen mit meiner Familie Verlobung. Eine Vermählung hat jedoch später nie stattgefunden, weil ich aufgrund des Verhaltens von S. kalte Füße bekam. Dennoch wohnten wir vier Jahre in der engen Wohnung zusammen. Danach bestand ich darauf, dass er auszog in eine eigene Wohnung. Dieses war schwer genug durchzusetzen, weil er sich permanent dagegen zur Wehr setzte. Mir fiel es auch nicht leicht, aber der gegenwärtige Zustand war zu belastend für mich. Der S. schwirrte von einer Stelle zur anderen, hatte laufend Probleme mit seinen Arbeitgebern.

Inzwischen war ich ab Januar 1984 in einer Fa. im Büro beschäftigt. Dort hatte ich Telefondienst mit anderen Damen. Wir mussten private Unternehmer anrufen, um mit ihnen einen Termin mit einem Versicherungsvertreter auszumachen. Dieses stundenlang zu tun, war keine leichte Aufgabe. Es bedurfte einiger Überredungskünste unsererseits. Nach 2 Jahren suchte ich mir eine andere Beschäftigung. Danach würde ich 60 Jahre alt sein und in Rente gehen können. Es fehlten mir noch 2 Arbeitsjahre.

So beschloss ich 1987 mich in den Kinos am Stachus zu bewerben. Die suchten gerade jemanden. Prompt wurde ich eingestellt, konnte gleich anfangen. Dieser Dienst war ganz anders. Schichtweise je 8–9 Stunden musste ich arbeiten. Oft auch Sonn- und Feiertags oder bis 23 Uhr abends. Die Arbeit war jedoch nicht schwer und für mich leicht zu schaffen. Unser Boss, der Herr P. stammte aus Bayern, wohnte außerhalb von M. Er besaß einige Tiere, auch Pferde. Da er ziemlich großzügig war, spendierte er ab und an für die ganze Belegschaft Kuchen. Das Größte für mich war damals jedoch eine Einladung seinerseits zu sich nach B. Zusammen mit einigen Personen vom Personal, die gerade frei hatten so wie ich, fuhren wir mit S-Bahn zu ihm nach Hause.

Inzwischen wohnte ich wieder allein. Im Jahre 1988 wurden in meinem Wohnblock alle Wohnungen gründlich saniert. Alle Einwohner meines Hauses mussten in eine Ersatzwohnung umziehen. Mich brachte man in die Tulbeckstraße in eine 1,5 Zimmerwohnung. In dieser Zeit schaffte ich mir einen Hund an. Er war mein Traumhund, ein brauner Cockerspaniel. Da Hunde damals eigentlich schon verboten waren, nutzte ich das Durcheinander des Umzugs für diesen Zweck. Leider hielt meine Freude an dem Tier nicht lange an. Die „Cynia" wurde aus irgendeinem Grund total aggressiv. Es gab laufend Probleme, da sie oft den Leuten in die Beine zwickte. So beschloss ich, den Hund den Leuten zurückzugeben, was mir sehr schwer fiel.

Ab dem Jahre 1982, während meiner Hotelarbeit, hatte ich mich mit einer Arbeitskollegin, der H., angefreundet. Unsere Bekanntschaft sollte bis spät in die neunziger Jahre andauern. Nach ihrer Scheidung verloren wir uns jedoch aus den Augen (siehe Extra-Kapitel).

Im Jahre 1989 wurde wiederum ein Umzug organisiert, da die Wohnungen in meinem Wohnblock fertig saniert waren. Ich beschloss wieder in dasselbe Haus von vorher zurückzuziehen, jedoch in eine größere Wohnung mit Balkon. Dieses hatte ich mir schon lange gewünscht. In der Zwei-Zimmer-Wohnung gab es ein neues Bad und eine Einbauküche. Dieses alles war für mich damals sehr angenehm. Besonders die Zentralheizung, hatte ich doch in D. lange Jahrzehnte mit Kachelöfen und Kohlenofen im Bad gehaust. Endlich ein wenig Komfort. Sogleich machte ich mich ans Einrichten meines neuen Heimes. Es musste wieder einiges angeschafft werden. Ein neues französisches Bett sollte auch her. Platz genug war ja vorhanden. Auch der Balkon wurde mit Liege und vielen Blumen zurechtgemacht. Das alles machte viel Arbeit, jedoch auch Freude. Damals befand sich im Hof unter den Balkons eine Baustelle, ich machte mir nicht viel Gedanken, was daraus entstehen sollte. Als sich alles als ein großer Kinderspielplatz mit viel Radau rundum entpuppte, war ich nicht froh darüber. Dazu hatte ich wenig später eine junge Nachbarin nebenan, welche sehr laut bis in die Nacht war. Das sollte so sieben Jahre andauern, bis sie endlich auszog.

Der S. bezog in dieser Zeit auch eine andere, schönere Wohnung von der Genossenschaft. Wir waren weiterhin befreundet, wenn es auch mal Turbulenzen gab. Er hing inzwischen sehr an mir, beteuerte mir auch oft seine Liebe. Wir beide machten viele Reisen, die meisten nach Italien. Wir bereisten die ganze nördliche Adriaküste, auch nach Sizilien zu seinen Geschwistern fuhren wir. Von dort überall habe ich schöne, unvergleichliche Erinnerungen. Auch Ungarn, Griechenland, Tschechien, Kroatien, sowie Danzig besuchten wir zusammen. Dieses alles hat uns auch zusammengeschweißt, so viele Erlebnisse am schönen Meer, wunderbare Sonnenuntergänge erlebten wir dort.

Die erste Reise ab der BRD machte ich jedoch schon 1983 mit meiner neuen Bekannten, der Mimi. Wir hatten uns im Kaufhof kennengelernt. Sie überredete mich, mit ihr nach Marokko zu fliegen. Nach anfänglichen Bedenken willigte ich ein. Vermummte Frauen, ein stürmischer Atlantik sind mir in Erinnerung geblieben. Inzwischen ca. 1989 beendigte ich meine Beschäftigung in den Kinos, hatte nur noch ab und zu Vertretungen. Eine Zeit danach war ich kurz im Verwaltungsdienst tätig. Dort musste ich je nachdem bei verschiedenen Veranstaltungen, Vorträgen usw. anwesend sein.

Die Zeit bis zu meiner Rente verlief nun schnell. 1991 war es soweit. Bald darauf machte ich meine erste Reise nach Amerika, mit anschließender Kreuzfahrt. Ganz allein war ich nach Miami geflogen, mit der Werbefirma F.F.O. Alles ging gut. Ab Florida wurden wir eingeschifft, nachdem ich noch den herrlichen Strand mit den tollen Muscheln besichtigt hatte. Unsere Kreuzfahrt ging zu mexikanischen Inseln. Auch Key West besuchten wir. Das Haus von Hemingway habe ich auch besichtigt. Es war wundervoll, Tag und Nacht auf dem Meer zu sein. In späteren Jahren folgten noch 4 Kreuzfahrten durch das Mittelmeer.

Die meisten Reisen machte ich nach Italien ans Meer, im Sommer und Frühling. Meistens war der S. auch dabei. Es war eine schöne Zeit mit viel Sonnenschein nahe meinem geliebten Meer.

In den neunziger Jahren reiste ich mit S. nach Sizilien zu seinen Schwestern und Bruder. Bis Rom ging es erstmal. Dort machten wir 2 Tage Halt mit Übernachtung, um die Stadt etwas kennenzulernen. Leider plagte mich da gerade eine Blasengeschichte. Der S. ging in eine Pharmazie und besorgte mir Antibiotika ohne Rezept. Das war mein Glück. Danach ging es weiter mit dem Zug, welcher alsbald auf einer Riesenfähre landete, mit welcher wir die Meeresenge Messina passierten. Unser Ziel war Catania, dann weiter nach Mineo. In Catania standen wir schließlich in praller Mittagshitze auf der Straße. Eine

Pension war nicht gebucht. S. machte sich auf die Socken, ich wartete beim Gepäck. Nach längerer Zeit hatte er fürs Erste eine Unterkunft für uns ausfindig gemacht. Da ich zu der Zeit noch kein Italienisch sprach, war die Verständigung vor Ort schwierig. Wir verweilten dort einige Tage, gingen mit Taschen und Schirm ans Meer zum Baden. Es war ein ziemliches Stück Weg zu Fuß zu laufen. Dann ging es weiter nach N. zu der Familie. Irgendwann kam ein Bummelzug. Die Wartezeit verkürzten wir uns mit sammeln von Feigen, die von einem Feigenbaum vor dem Bahnhof stammten. In Serpentinen ging es langsam bergan, der Zug schnaufte und rauchte sehr. Zu guter Letzt wurden wir von der Nichte des S. noch mit ihrem kleinen Auto transportiert. Es ging durch so enge Gassen und Ecken, dass ich es nicht für möglich hielt, dass hier ein Kinderwagen hinein passte, geschweige denn der Fiat. Oben angekommen wurden wir lautstark begrüßt. Irgendwann um ca. 22 Uhr abends gab es ein Essen. Mir hing vor lauter Hunger schon der Magen schief. Nach einer ziemlich beengenden Übernachtung gab es so um 10 Uhr vormittags Espresso. Das war fürs erste so ziemlich alles. Viel traute ich mich nicht zu beanstanden. Es war halt jedoch ein völlig anderer Lebensrhythmus als ich es als Frühaufsteherin gewöhnt war. Zum Glück gab es noch einen Bäcker im Ort. Ich wollte Taormina sehen, so machten wir uns eines Tages dorthin auf den Weg. Tief unter der Stadt lag das Meer mit seinen Buchten, am Hang oben fuhr der Zug, fast auf einem Berg, Taormina. Zuerst haben wir am Meer einen Stopp gemacht. Zur Stadt hoch ging eine Seilbahn. Oben angekommen hörten wir zuerst Deutsche reden. Typisch, überall trifft man sie an. Die Stadt ist zauberhaft mit schönen Häusern und wunderschönen Blumen, besonders die Boguinvilla gedeiht dort prächtig. Abends wurde wieder im Familienkreis (Schwester, Bruder, Schwager und wir) dem Wein zugesprochen, spät gegessen und bis in die Nacht geredet. Dafür schliefen dann alle lange in der Früh, außer mir. Alles in allem recht anstrengend, zu Hause konnte ich mich wieder ausschlafen.

Im Laufe der Jahre habe ich mit S. viele Länder bereist. Wir waren mit dem Bus oder Bahn unterwegs. Zum Fliegen war S. nicht zu bewegen. Wir sind trotzdem viel herumgekommen, in Griechenland, Spanien, Ungarn, Kroatien, Tschechei, Danzig und vor allem unzählige Male in Italien. Die ganze nördliche Adriaküste, sämtliche Orte dort haben wir zusammen erlebt. Die nächste Reise machten wir nach San Benedetto, mehr südlich in Italien. Wir mieteten eine Ferienwohnung mit Terrasse 50 m vom Meer gelegen für 3 Wochen. Manchmal war es schwierig, besonders dumme Bemerkungen von Seiten S. haben mich sehr geärgert. Dieses sollte das letzte Mal gewesen sein, dass wir zusammen verreist sind.

Nach diesem Urlaub war ich reif für Abstand und Ruhe. So beschloss ich ins Kloster zu fahren. Meine Wahl fiel von vielen Angeboten auf „Bonlanden" gleich hinter Memmingen und schon Schwabenland. Vom Bahnhof Tannheim wurde ich mit dem Auto abgeholt. Es erwartete mich ein sehr großer Gebäudetrakt mit Tagungs- und Wohnräumen für Gäste und einem alten Pfarrhaus, in welchem ich ein Zimmer bezog. In diesem befanden sich zierliche weiße Möbel, ein großes Fenster zur Südseite gab den Blick frei auf Wiese und ein Waldstück. Hier fühlte ich mich sogleich gut aufgehoben wie daheim. Schnell schloss ich mit einigen aufgeschlossenen Schwestern Bekanntschaft, eine mochte stricken so wie ich, die andere Pfortenschwester spielte sehr gern Karten, wann es ihre Zeit erlaubte. Besonders gut verstand ich mich sogleich mit der Verwaltungsschwester, welche mich auch mit dem Auto abgeholt hatte. Mir zuliebe lief sie manchmal einige Kilometer zu Fuß mit mir durch Wald und Wiesen. Es gab auch eine große Küche, in welcher drei Köche abwechselnd tätig waren. Sie kochten gut und reichlich. Dort ließ ich es mir gut gehen. Je nach Bedarf half ich in der Küche beim Abwasch mit oder bei Putzarbeiten mit der Pfortenschwester. Inzwischen strickte ich zuhause (bis jetzt) Decken für die Mission des Klosters, bestimmt für Straßenkinder (Patchwork), die ich bei meinen weiteren Besuchen jeweils im Kloster ablieferte. Es gibt auch einen Klosterladen und eine riesige Krippenausstellung im Keller eines ihrer Häuser.

Schon am Anfang meiner Zeit in Rente überlegte ich mir, was mich außer Stricken noch interessieren würde. Die vielseitigen Angebote von allen möglichen Institutionen, auch der Volkshochschule, machten mir die Wahl nicht leicht. Jedoch mit der Zeit fand ich für mich Kurse in der VHS mit Schwerpunkt Tanz und Musik. Dieses schien mir eine geeignete, angenehme Aufgabe. Da ich kein Instrument spiele, entschied ich mich für internationalen Folkloretanz. Hier braucht man keinen Partner, da meistens Kreistänze getanzt werden. Schnell fand ich in der Severinstraße eine passende Gruppe am Nachmittag. Hier verweilte ich ca. 12 Jahre. Danach wechselte ich in den Z.A.B. Verein. Hier sind die Tänze anspruchsvoller, ich fühle mich mehr gefordert.

In derselben Zeit trat ich einem Chor der VHS bei, wo ich nun seit meinem 64. Lebensjahr in der Alt-Stimme mitsang. Wir haben in unserem Repertoire sehr schöne alte Volkslieder aus dem 17. – 18. Jahrhundert. Zweimal im Jahr fahren wir nach Schäfftlarn-Ebenhausen, um dort Leuten aus dem Altersheim, auch Rollstuhlfahrern, eine Freude zu machen. Nach dem Singen werden wir jedes Mal mit Kaffee und Kuchen bewirtet.

Mit dem S. war ich auch ab und an tanzen. Besonders in der Faschingszeit oder manchmal bei anderen Gelegenheiten. Wir waren ein ziemlich gut eingetanztes Paar. Das ist nun alles Vergangenheit, denn mein treuer Lebenspartner verstarb 2004 ganz plötzlich. Er erlag seinem Krebsleiden, woran er seit Jahren litt. Es passierte, als ich gerade verreist war. Mein Schock war ziemlich groß. Dennoch schaffte ich es, ihm ein würdiges Begräbnis zu arrangieren. Wir hatten zum Glück alles beim Notar geregelt. An ihn werde ich immer wieder denken, zumal ich ja seine große Liebe gewesen bin. Dieses zeigte er mir wieder mit seinem letzten Geschenk aus Sizilien, dem ein Kärtchen beilag: „Ai mio grande amore", ich halte es bis heute in Ehren.

Dieses Kapitel hatte sich nun erschöpft, alles zu zweit war rapide zu Ende. Die Inge hat sich nach 4 Jahren auch zurückgezogen, hat eine andere Bekanntschaft ausgebaut mit einer 60-jährigen Frau. Da kann ich als 75-Jährige natürlich nicht mithalten. Nach drei Monaten hat sie mich mal im Kaufhof angeredet. Wir befanden uns beide im Lokal im 5. Stock, verbrachten dann noch 3 Stunden miteinander, ehe wir uns trennten. Ein spärlicher Kontakt ist wieder hergestellt. Nach dem Tod von S. bin ich noch mehr allein als vorher schon. Einsamkeit macht sich oft breit. Dagegen versuche ich anzugehen mit wenigstens täglich einem, wenn auch nur stundenweisem Kontakt zu anderen Frauen. Bemühe mich auch um Termine zu irgendwelchen Veranstaltungen. Da gibt es die Frauen- und Seniorenbörse, den ZAB in der Rumfordstraße, wo ich auch zwei Kurse belegt habe. Dann die Alten Service Center, den Chor am Harras, drei verschiedene Tanzgruppen besuchte ich abwechselnd. Dazu kommen diverse Konzerte, Vorträge usw. oder ab und an ein Treffen mit der F., die ich inzwischen auch schon einige Jahre kenne. Dieses alles erfordert jedoch mühsame Kleinstarbeit.

Da wäre noch die Bärbel (inzwischen sind wir nach Jahren per du), welche ich von einer Tagesfahrt her kenne. Wir sehen uns wöchentlich bei der Tanzgruppe der Schwester I. im Pfarrheim. Ansonsten sind unsere Treffs eher selten.

Dennoch sollte ich wohl froh sein, dass ich mich bis jetzt gut bewegen kann, auch kleine Wanderungen bewältige. Meinen Haushalt schaffe ich auch so irgendwie und dieses alles ist durchaus keine Selbstverständlichkeit, mit fast 91 Jahren.

Meine Nachbarin

Vor etlichen Jahren noch wohnte rechts neben mir ein ruhiger, sympathischer, junger Mann. Wenn wir uns gelegentlich trafen, plauderten wir lebhaft miteinander oder lachten uns einfach an. In seiner Wohnung hörte ich ihn kaum. Eines Tages erblickte ich ihn zu meinem großen Erstaunen beim Heruntertragen von Wohnutensilien. Tja, er zog um, versicherte mir jedoch, in seine Wohnung würde ein ruhiges, junges Mädchen einziehen. Dieses geschah am 1. Juli 1994. Die Person kannte ich vom Sehen, ziemlich groß und korpulent mit einem unschuldigen Gesicht und sehr langen dunkelblonden Haaren. Ihre Mutter ewartete damals Nachwuchs, daher machte sie sich wohl selbstständig trotzdem sie noch eine Schule besuchte. Es war noch Sommer, ein Wochenende. Nachts erwachte ich durch seltsame Geräusche etwas wie Jammern und Schreien. Es schien mir von der Straße zu kommen. Um dieses zu prüfen, sah ich durchs Fenster, was los wäre. Die Lindenstraße unter meinem Fenster jedoch, lag in tiefer Ruhe da. Niemand zu sehen. Hatte eine Frau in Not erwartet. Eigenartig. Ein anderes Mal, als ich zur Wohungstür hinausging, etwa gegen Mittag, hörte ich hinter der Nebentür ein lautes Klagen. Mein erster Gedanke war da „Mein Gott ihr fehlt irgendwas, vielleicht einen Anfall". Mit dem Gedanken, vielleicht helfen zu können, klingelte ich 2 x an ihrer Tür. Mit einem Schlag wurde es mucksmäuschenstill, nichts rührte sich. Also ging ich die Treppe hinab. Als ich dann draußen unter ihrem Fenster wieder Gejammer hörte, dämmerte mir etwas. „Es sind Liebeslustschreie", erklärte ich mir selber. „Schöne Aussichten", dachte ich. Es wiederholte sich dann auch stets tagsüber oder auch in der Nacht. Dazu hat sie einen Tick. Es stehen immer irgendwelche ziemlich große ausgetretene Schuhe vor ihrer Eingangstür herum. Am Wochenende auch Herrenschuhe, so dass sich das manchmal bis zu 3 Paar summiert. Kein gerade schöner Anblick, wenn ich aus der Tür trete. Dieses alles wurmte mich ziemlich. Daher wohl warf ich mal einen Prospekt in ihren Briefkasten, über ein Jugendtreffen mit kritischen Themen, welches die Kirche veranstaltete. Prompt erhielt ich am nächsten Tag ein benutztes Papiertaschentuch, dieses Mal in meinem Postkasten.

Irgendwann versandte die WG Schreiben an alle Bewohner unseres Hauses, wegen abgestellter Kinderwagen und wohl auch den Schuhen im Treppenhaus. Danach wurde es bei meiner Nachbarin ruhiger, auch die Schuhe verschwanden zeitweise.

Jedoch die Katze lässt das Mausen nicht. Nach geraumer Zeit das gewohnte Bild vor ihrer Tür. Seitdem jedoch der Hausmeister eines Tages ihre klobigen Schuhe mit der Fußmatte abdeckte, hat sich etwas verändert. Da sie anscheinend ganz ohne etwas vor der Türe nicht sein kann, deckt sie selber nun zu. Gott sei Dank konnte sie die Matte etwas bis zu ihrem Mund ausdehnen.

TEIL 1

„Kegeln mit Folgen"

Im Jahre 2007 lebte ich schon 25 Jahre im schönen München. Inzwischen 76 Jahre alt, ging ich noch regelmäßig zum Kegeln. Wir waren 4 Männer und 3 Frauen, die sich einmal wöchentlich trafen.

Einer von Ihnen, der Heiner, fragte mich eines Tages im September, ob er mich in seinem Auto heimwärts mitnehmen könnte. Wir wohnten beide im Westen Münchens. Erstaunt willigte ich ein. An meiner Wohnung im Westend tauschten wir da auch unsere Telefonnummern aus. Nach einigen Tagen rief ich beim H. an, wollte mich nach seinem Befinden erkundigen und erhielt prompt eine Einladung zu seinem 78. Geburtstag im September, wir wollten uns in einem Lokal in der Nähe zum Essen treffen. Danach gingen wir zusammen mit seiner Tochter zu ihm nach Hause. Da gab es noch Kaffee und Kuchen.

Wir beide trafen uns danach öfter. Nach zwei Monaten, bei einem Ausflug im Schlosspark Dachau, fragt er mich plötzlich: „Könntest Du Dir vorstellen noch mal zu heiraten?"

Völlig perplex sagte ich darauf „Ja, wenn überhaupt, dann höchstens dich".

„Ja, willst du mich heiraten?", seine sofortige Frage an mich. Meine Antwort ein spontanes „Ja". Er war ja ein Mann mit Herzensbildung und viel Ruhe in seinem Wesen.

In aller Eile wurden beim nächsten Ausflug mit den Keglern, heimlich in einem Laden Trauringe besorgt.

Geheiratet haben wir jedoch erst im Juni 2009 in der Kirche St. Benedict. Bei dieser nur kirchlichen Trauung sollte es bleiben. Es war schon ein besonderes Erlebnis für mich, mit inzwischen 78 Jahren, noch einmal meine eigene Hochzeit mit Freunden und Familie zu erleben. Der H. war da bald 80 Jahre alt. Bis 2018 waren wir beide glücklich und zufrieden miteinander.

Dann musste mein H. ziemlich schnell in ein nahes Pflegeheim. Er litt da stark an Parkinson, die Füße betreffend. Mit dem Gehen war es da auch wieder bald vorbei, Rollstuhl.

Nach einem Jahr auf der Pflegestation verstarb er 2019, einen Tag vor seinem 89. Geburtstag.

PS: Letzte Geschichte

1. Mein Opi und seine Schata

Als Einzelkind wuchs ich mit meiner Mutter bei ihren Eltern auf. Meine Großeltern lebten beide in einer harmonischen Ehe. Bei ihnen fühlte ich mich geborgen. Da ich keinen Vater mehr hatte, wurde mein Opi zu meiner besonderen Bezugsperson. Er war ein recht stattlicher Mann mit einer kurzen Igelfrisur, vorne hin ein kleiner Haarschopf. Er blickte auch schon mal grimmig drein. Wir beide mochten uns sehr. Als ich in den Kindergarten gehen musste und da später nicht mehr hin wollte, sagte er dann eines Tages: „Ach, lasst doch das Kind, wenn es nicht hingehen mag." Da wusste ich sofort, das ist dein Verbündeter, der hält zu dir. Auf seinen Knien durfte ich auch schon mal wippen. Sonntags buk er mir in der Küche in der Pfanne „Arme Ritter". Die mochte ich besonders gern. Zu Weihnachten dann verkleidete er sich als perfekter Weihnachtsmann und ich sagte brav mein Gedicht auf. Das funktionierte einige Male bis ich ihn eines Tages entlarvte. Ich rief plötzlich „Das ist mein Opi!", und lachte dabei. Sein großer Siegelring hatte ihn verraten. Wir wohnten in Danzig. Da mein Opi seine demokratische Gesinnung laut bekannte, wurde er von den Nazis für einige Zeit aus der Stadt ausgewiesen. Dieses war ca. 1936. Er wohnte dann in Swinemünde. Meine Omi nahm mich ein paar Mal mit, wenn sie ihn besuchte. Die Fahrt fand mit dem Dampfer statt. Ich freute mich natürlich jedes Mal auf ihn, war sehr aufgeregt. Von ihm wurde ich Schata genannt.

„Meine kleine Schata", sagte er dann. Als ich sechs Jahre alt war kam ich in die Schule. Meine Omi begleitete mich anfangs dort hin. Zweimal büchste ich aus und ging nach Hause, aber hier konnte mein Opi mir nicht helfen. Es musste dort geblieben werden. In demselben Jahr wurde meine Omi sehr krank, Speiseröhrenkrebs. Es gab keine Hilfe, sie verhungerte praktisch. Als sie dann in unserer Wohnung verstarb, war das Chaos perfekt. Alle weinten, lamentierten und klagten. Meine Mama, ihr Bruder, ganz besonders aber mein Opi. Er war damals außer sich vor Schmerz, riss einen Ärmel aus seinem Jackett. Es war schrecklich ihn so leiden zu sehen und alle mit ihm. In der Verwirrung kam ich mir sehr einsam und verloren vor. Mein Opi wurde danach ein anderer Mann. Seine Züge verhärteten sich, düster blickte er drein, er verlor an vielem das Interesse. Für mich war das alles der erste große Schock, wenn ich es damals auch noch nicht wusste. Auch erinnere ich mich an seinen Gesang. Singen in der Waldoper in Danzing-Zoppot war ein großes Hobby von meinem Opi. Die Arien sind mir unvergesslich in Erinnerung. Zu Hause sang er den Freischütz, die Meistersinger von Nürnberg und den herrlichen Tannhäuser. Schon sehr früh prägte sich mir das alles ins Gedächtnis, da ich ein musikalisches Kind war.

Wenn ich in den Ferien in Grenzdorf bei meiner Großtante und Onkel war, besuchte er uns dort. Ich sehe ihn dann meine Tante Selma packen, in Pose bringen und eine Arie schmettern. Sie schaute ihm dabei anhimmelnd ins Gesicht. Es war toll. Mein Opa konnte auch sehr schöne

Volkslieder, die er vor sich hin sang mit einem guten Tenor, ich wiederholte sie oft.

Anfang des Jahres 1945 hausten wir wegen der Luftangriffe meistens im Keller. Ende März waren dann die ersten Russen da. Das zweite Chaos in meinem Leben. Mit knapp 14 Jahren war ich unter Decken auf einer Matratze versteckt. Als mich dann ein betrunkener Soldat fand, alle anderen hinauswarf aus dem Raum, hatte ich eine schreckliche Angst. Doch mein Opi rannte damals schnurstracks zur russischen Kommandantur in der Nähe und zerrte einen Offizier herbei, der mich sofort erlöste von meiner Pein. Wieder rettete er mich aus einer sehr bedrohlichen Situation. Der Soldat wurde hart bestraft, da es nicht mehr erlaubt war, die Mädchen zu belästigen. Später ging er dann russischen Soldatinnen aus der Hand lesen und erhielt so ein paar Brotkanten für uns. Er konnte etwas russisch. Auch sonst zog er in die Gegend, besorgte mal irgendein Öl, mal etwas Kartoffeln aus Nieten oder Pferdefleisch von krepierten Pferden am Weg. Ohne ihn hätten wir uns kaum vor Hunger retten können in jener schlimmen Zeit.

Ab 1944 so etwa hatte mein Opa damals eine Freundin Fr. Winter, eine Bekannte meiner Mutter. Da sie einen Kolonialwarenladen hatte in der Schichaugasse (von Schichauwerft) wurden gegen Ende des Krieges zwei Säcke mit Mehl und Zucker bei uns im Keller unter den Kohlen versteckt. Natürlich wurden diese ganz grau von Kohlenstaub, jedoch wir brauchten alles Essbare dringend.

Irgendwann zogen die Russen weiter gen Berlin. Wir bezogen in der Zeit eine andere Wohnung in der Großen Molde. Anstatt des einen Fensters klaffte da ein Riesenloch, das wohl von einer Granate stammte. Es waren damals eben chaotische Zustände, in denen ich mich nur schwer zurechtfinden konnte. Dort hatte mein Opa baldigst eine kleine Schuhwerkstätte eingerichtet. Er war gelernter Schuhmacher, so wurde auch ich vertraut damit, mir schon mal ein paar Absätze selber zu richten. Ich sehe ihn noch mit Lederschürze und Dreifuß dasitzen und daraufhämmern. Seine Freundin saß in der Nähe und strickte ständig für Fremde, dafür gab es Geld, das liebte sie. In der Zeit musste auch ich arbeiten mit knapp 17, es war hart damals. Als ich 1950 meinen Freund heiratete, war mein Opa strikt dagegen. Als ich stur blieb, zeigte er dann wieder seine grimmige Miene. 1953 wurde meine Tochter geboren, mein Opa war sehr vernarrt in seine Urenkelin. Sie sah aus wie eine Puppe mit langen schwarzen Haaren und sehr bald gelb im Gesicht, von einer Gelbsucht. Es war für alle die kleine Nionka, später Ninka. Seine Freude zeigte er im Kaufen von allen möglichen Geschenken für die Kleine. Er ging oft auf den Markt und brachte stets etwas Neues für sie mit, sei es eine Puppe oder anderes Spielzeug, sehr zum Ärger seiner Freundin. Eines Tages brachte er eine Ziege heim, ließ sie einfach im Garten grasen und auf die Sträucher klettern. Darüber war ich sehr erstaunt. Mein erstes Fahrrad verdanke ich auch meinem Opa, damit bereitete er mir eine große Freude.

Die Geldbörse meines Opas war ziemlich dick, wie ich manchmal sah. Da lagen die Geldscheine fein säuberlich gefaltet und hatten kaum Platz darin. Ich habe ihn, trotz starker Verbundenheit zwischen uns, nie um etwas gebeten, das mochte ich nie, er hätte es mir aber ohne weiteres gegeben, auch Geld. Da die Freundin recht fett und kalorienreich kochte, litt der Opi mehr und mehr an

Gicht, lag oft mit starken Schmerzen im Bett. Wir dachten uns damals nichts dabei. Bis 1955 ein sehr starker Herzinfarkt meinen lieben Opa dahinraffte. Er starb im Krankenhaus kurze Zeit nach dem Anfall. Es war für mich schrecklich ihn in der Leichenhalle sehen zu müssen.

Bei der Beerdigung konnte ich nicht weinen, war wie versteinert von innen. Seine letzten Worte hatten meiner kleinen Tochter gegolten „Meine kleine Nionka" sagte er noch wehmütig. Da wusste ich sofort, den siehst du nie mehr lebend.

Viele Jahre später sah ich in München die „Meistersinger von Nürnberg" im Theater am Gärtnerplatz, die Oper in der auch mein Opa gesungen hatte. Bei der herrlichen Musik war er mir plötzlich ganz, ganz nahe. Es war ein seltsames aber gutes Gefühl für mich. Mein lieber Opa war plötzlich wieder da, bei mir.

2. Der erste Kuss

Im Jahre 1941 weilte ich wieder mal bei meiner Großtante Selma in Grenzdorf im Danziger Werder. Dort traf ich wie immer die Jugend des Dorfes und auch diejenigen, die dort Ferien machten. Natürlich kannten wir uns alle untereinander, heckten manche Streiche aus. Mit von der Partie war auch immer die jüngste Tochter (das Nesthäkchen) meiner Tante, die Magda in meinem Alter und auch der 12-jährige Dieter. Eines Tages wollten wir das Küssen ausprobieren. Dazu verabredeten wir uns in einem der Nachbarhäuser; dort wohnte ein gewisser Siegfried mit kleineren Geschwistern. Also marschierten wir beide von zu Hause los, den Damm entlang zum Haus von Siegfried. Die Erwachsenen waren dort gerade nicht zugegen. In der guten Stube wurden alle Fenster mit Decken verhängt. Die kleinen Geschwister mussten vor der Türe Schmiere stehen. Dann nahmen wir uns ein Herz und gingen zur Sache. Ich gab dem Dieter einen Kuss auf den Mund und fand das gut. Die Magda küsste den Siegfried. Auf dem Heimweg redete ich mit ihr über unser Erlebnis. Während ich es toll fand, weil ich den Dieter mochte, war sie entsetzt. „Was, Du hast den richtig geküsst?", fragte sie entsetzt. „Natürlich", entgegnete ich. „Ich habe den Siegfried nur durch Taschentuch geküsst", meinte sie. Da staunte ich nicht schlecht.

3. Der Waschtag

Ja, was war das damals um 1950 noch für ein Aufwand wenn der Waschtag kam. Es war nämlich ganz und gar anders als heute, wo man zur guten Waschmaschine hingeht, einschaltet und sie einfach (dank Automatik) ihre Arbeit tun lässt. Damals bekam ich schon Unbehagen im Voraus, wenn der Waschtag nahte. Morgens so früh wie möglich ging ich in die Waschküche im Keller. Zuerst mussten Brennholz und Kohle hergetragen werden, um unter dem riesigen Waschkessel tüchtig einzuheizen. Am Abend vorher war in verschiedenen Wannen die Wäsche eingeweicht worden. Als das Wasser heiß wurde nahm ich ein Teil davon in eine leere Zinkwanne tat Wäsche hinein um sie auf einer Rubbel mit Seife zu bearbeiten. Dieses ging nur mühsam und unter großem Kraftaufwand. Die gewaschenen Teile kamen wiederum in eine Wanne, in welche aus einem Schlauch sauberes Wasser lief. Inzwischen dampfte das heiße Wasser vor sich hin. Alles war feucht, besonders meine Haare unterm Kopftuch. Bis ein großer Kessel fertig zum Kochen war dauerte es beinahe bis zur Mittagsstunde. Jetzt musste der Kessel leer geschöpft werden um die gewaschene Wäsche hineinzustauen, kaltes Wasser aus dem Schlauch lief darauf. Danach tat ich Waschpulver hinein, heizte weiter tüchtig nach um das alles zum Kochen zu bringen. Inzwischen band ich mir meine große Gummischürze ab um in der Wohnung einen Teller Suppe zu mir zu nehmen, die ich vorgekocht hatte. Die

Wäsche musste etwa eine halbe Stunde kochen. Sie wurde im Kessel beaufsichtigt. Inzwischen dampfte es wieder arg in der Waschküche. Die Fensterluke wurde geöffnet und es war recht zugig. Nach dem Kochen nahm ich die Wäsche mit einem großen, breiten Holzstiel aus dem Kessel in eine der Wannen. Inzwischen wusch ich dann Buntes, in der heißen Seifenlauge. Die inzwischen abgedampfte Kochwäsche wurde erneut leicht auf der Wäscherubbel bearbeitet und kam danach zum Spülen. Dieses war auch eine anstrengende Arbeit, da ich mich die ganze Zeit zum Boden über die Wanne bücken musste und alles mit den Händen auswringen. Diese Arbeit wurde 1–2 Mal wiederholt, das ging arg in den Rücken. Die ganze Zeit stand ich in großen Gummistiefeln, da das kalte Wasser laufend aus dem Schlauch über die Wanne schwappte. Ab und zu goss ich mir warmes Wasser dazu, welches wiederum im Kessel erwärmt wurde. Danach spülte ich das Bunte. Es war inzwischen später Nachmittag und ich schon ziemlich müde. Jedoch damals war ich noch jung und schaffte diese schwere Arbeit gut. Nachdem die weiße Wäsche gestärkt war (die Stärke wurde aus Kartoffelmehl zu Haus vorbereitet) konnte ich daran denken, alles auf den Boden hoch zu befördern. Dabei musste schon jemand mit mir die Wannen mit der schweren nassen Wäsche hinauftragen. Danach hing alles auf den Leinen und endlich war ich gegen 17 oder 18 Uhr fertig. Wieder einmal war ich froh alles hinter mir zu haben.

Als die ersten primitiven Waschmaschinen auftauchten, erhielt ich eines Tages von meinem Mann Kazimir eine elektrische, hölzerne, selbstgebaute Waschmaschine in die Waschküche gestellt. Wenn sie auch nur langsam arbeitete, erleichterte dieses den Waschtag sehr.

4. Unsere Dina

Schon als Kind war ich verliebt in Hunde.

Wann immer ich einen Hund draußen erblickte, hatte ich ihn später schon zum Freund auserkoren, also nahm ich ihn abends einfach mit nach Hause. Als er jedes Mal am Morgen wieder fort war, wie sehr war ich enttäuscht. Meine Mutter beteuerte mir zwar immer „ja, ja den darfst du behalten" wenn ich bettelte „bitte Mutti darf ich den behalten?" Nichts dergleichen geschah.

„Wenn ich groß bin werde ich sowieso einen Hund haben", sagte ich dann aufgebracht.

Als junge Frau sah ich eines Tages drei wuschelige Hundeknäuel in einem Garten herumtollen. Nichts wie hin und einen der kleinen Collie-Hunde kaufen. Es war eine Hündin und wurde Dina genannt. Es gab ab sofort viel Spaß mit dem kleinen, tollpatschigen Knirps. Zuerst fand ich des Öfteren kleine Seen in unserer Wohnung. Sodann belehrte ich das Tier kritisch und energisch eines besseren und brachte es schnell nach draußen. Klein Dina kapierte recht bald, dass da etwas nicht stimmte, lernte also auch schnell alle Geschäfte draußen zu verrichten. Anfangs bekam sie viel Eidotter in ihr Fressen beigemischt, das sollte gut für das Fell sein, es glänzte dann schön. Dazu hatte ich einige Arbeit mit dem Bürsten ihrer Haare, die sehr lang wurden. Die Farbe (tricolor) bestand aus weiß, rötlich und dunklen Flecken. Mit der Zeit hatte ich einen ganzen Beutel der weichen Haare gesammelt. Dina, sanft und anpassungsfähig, zeigte sich sehr gelehrig. Als sie ca. ein halbes Jahr alt war, begann ich sie etwas auszubilden. Auf einsamen Spaziergängen lernte sie apportieren. Sie saß auf Befehl am Weg, solange bis ich sie rief. Dann aber kam sie im Galopp daher. Leckere Happen lernte sie auf Kommando zu nehmen, dabei war sie kein Kostverächter – im Gegenteil – sie mochte alles. Auch bellen konnte sie auf Befehl und natürlich ihre beiden Pfoten geben, wobei sie einen immer so treu ansah.

Unsere kluge Dina war leider sehr wasserscheu. Ihr Wannenbad ließ sie noch gerade so über sich ergehen. Sie war jedes Mal wieder heilfroh als es vorbei war, schüttelte sich sogleich fürchterlich, als sie aus ihrem Badetuch heraus war. Das Wasser spritzte dabei nur so durch die Gegend. Auf unseren Urlauben am See in der Kaschubischen Schweiz wurde Dina schon mal vom Steg geschubst. Da paddelte sie sofort in Richtung Strand zurück. Diesen kleinen Spaß hat sie uns jedoch nicht übel genommen. Sie war sehr geduldig. Als liebe treue Hündin konnte sie auch nicht ertragen, wenn ich traurig war oder gar weinte. Sie kam gleich zu meinem Sessel, warf sich mit ihren starken Pfoten auf meinen Oberkörper und wollte mich durchaus trösten. Dieses war so rührend, dass ich es nie vergesse.

Dina wurde auch auf einige Ausstellungen geführt, ging nahe am ersten Preis vorbei. Leider war eines ihrer beiden Ohren vorne nicht fachgerecht abgeknickt. Kleiner Schönheitsfehler.

Als es an der Zeit war, beschloss ich Dina zu verkuppeln. Ich dachte da an die süßen kleinen Hundebabys, die es eventuell geben könnte. Sie wurde von mir zu einem

prächtigen Collie-Herren geführt. Jedoch hier schalte-
te meine Dina auf stur, sie mochte ihn einfach nicht. Es
war nichts zu machen. Sie blieb ein Hunde-Fräulein. Di-
nas Zutraulichkeit wurde ihr leider zum Verhängnis. Als
sie 10 Jahre alt war, kam sie eines Tages mit blutender
Schnauze aus unserem Garten. Wie sich dann heraus-
stellte, war ihr Unterkiefer gebrochen, wahrscheinlich
von einem Fußtritt. Wir waren alle sehr bestürzt. Ob-
wohl ich es einem jungen Nachbarn zutraute, der bösartig
veranlagt war, konnte ich leider nichts beweisen. Es war
schlimm. Der Tierarzt stellte das Ergebnis einer teuren
Operation in Frage. Ich war traurig und ratlos. Es war für
mich eine sehr schwere und schmerzliche Entscheidung
Dina von ihren Schmerzen zu erlösen und einschläfern
zu lassen. Auf dem Tisch der Tierklinik hob sie ein letztes
Mal ihren schönen Kopf und sah mich mit treuen Blick
an. Das vergesse ich nie. Danach ging ich mit der Leine
in der Hand weinend nach Hause.

5. Die Schlittenfahrt

Wir befanden uns damals gerade in Polen, nahe der russischen Grenze. Der Ort hieß Nowowola. Die Mutter meines Freundes bewohnte dort ein kleines Häuschen, besaß auch Vieh, welches sie allein versorgte. Der Bruder indessen hatte einen kleinen Bauernhof mit Pferden und allem Drum und Dran. Es war damals tiefer Winter mit viel Schnee in dem kleinen Ort. Tief verschneit lagen die weiten Felder, und an den Bäumen im nahen Wald hingen schwere, glitzernde Schneemassen. Eines Nachmittags beschlossen mein Freund und sein Bruder, mich mit dem Pferdeschlitten zu einer befreundeten Familie mitzunehmen. Ich wurde in den geräumigen Schlitten verfrachtet und in Decken eingepackt, die Männer stiegen dazu und es ging los. Kräftig holten die zwei gut genährten Braunen aus. Die Glocke an ihrem Gespann bimmelte laut und der Schnee stob unter ihren Hufen. Der kalte Wind blies mir um den Kopf, dass es nur sauste, aber als Pferdenärrin störte es mich wenig und ich war selig. Nur zu schnell waren wir an Ort und Stelle. Dort angekommen mussten wir erstmal einen kräftigen Schluck Wodka, gereicht im Wasserglas, zum Erwärmen trinken. Dem ersten Glas folgten weitere. Bei Diskussionen und Gelächter hatten meine beiden Begleiter inzwischen ganz schön einen in der Krone. Der Besitzer des Gespanns sah sich sogar außerstande, die Pferde heim zu lenken. Mein Freund war auch ziemlich blau. Da ich jedoch zurückwollte, ergriff ich schließlich die Initiative. Die Pferde wurden wieder vor den Schlitten gespannt. Die Männer hockten sich irgendwo hinten lallend auf den Schlitten, während ich auf den Bock stieg, Zügel und Peitsche ergriff und losfuhr. Es war inzwischen finstere Nacht, mit nur wenig Licht am Wege. Der Schlitten glitt knarrend seinen Weg zurück. Irgendwann war ich mir im Unklaren, wo wir jetzt abbiegen müssen. Nach meiner Frage bekam ich von hinten zur Antwort: jaja. Also lenkte ich nach links. Da bemerkte ich, dass es die falsche Richtung war. Trotz meiner hellen Aufregung wendete ich den Schlitten wieder zurück auf den Hauptweg. Dabei versanken die Pferde bis zum Bauch im tiefen Schnee. Ich erreichte den Weg wieder, glücklich es geschafft zu haben ohne umzukippen. Der Schlitten hatte geschwankt. Dann ging es hurtig weiter bis die Pferde dampften. Bald witterten die Tiere ihren Stall und brachten uns vor allem heim. Die zwei hinten hatten von alldem nicht viel mitgekriegt. Sie waren ziemlich erstaunt, wieder an Ort und Stelle zu sein.

6. Mein Chef

Bevor ich in den Ruhestand trat, war ich die letzten 2 Jahre in einem Kinocenter beschäftigt, um meine noch benötigten Rentenbeiträge zu erarbeiten. Es gab oft Spätschicht, besonders an Wochenenden. Da ich ein Frühaufsteher bin, fiel mir die Arbeit dort manchmal schwer. Der Besitzer, Herr P., ein großer stattlicher Mann aus Bayern, hatte eine modische Frisur, kräftige Waden, die in groben Kniestrümpfen steckten und war Brillenträger. Er war ziemlich labil und bequem, wollte mit Kleinkram des Personals nicht belästigt werden, legte jedoch eine gewisse Großzügigkeit uns gegenüber an den Tag. Er pflegte spontan den Geldbeutel zu zücken, um für das anwesende Personal große, gute Tortenstücke vom Mövenpick in der Nähe holen zu lassen. Der Preis spielte da keine Rolle. Auch Radtouren veranstaltete er mit unserem Team. Nach einer ziemlich langen Strecke stadtauswärts wurden wir in einem Gasthof auf seine Kosten bewirtet. Das tat uns natürlich sehr gut. Danach fuhren wir an die nahe Isar und legten uns zum Ruhen nieder. Unser Chef jedoch verschwand seitlich im Gebüsch, von wo aus er nackt zum Baden ging. Wir schmunzelten nur. Das wurde ein schöner Tag, wir kehrten fröhlich heim. Ein anderes Mal wiederum lud er uns alle abends in ein japanisches Restaurant zum Essen ein. Damit der Kinobetrieb nicht zum Erliegen kam, ging dieses nur in zwei Raten, erst eine Besatzung, das nächste Mal die andere.

Voller Erwartung begab ich mich in das mir unbekannte Lokal. Das Essen dort bestand aus ca. 7–8 Gängen, welche mit kleineren Pausen serviert wurden. Da wurde bei dezenter Beleuchtung auf breiten Tischen gekocht und gegart. Man konnte das Essen im Topf brodeln sehen. Das ging abwechselnd von Gemüseeinlagen bis zu rohem Fisch. Der rohe Fisch war sehr zart und mürbe. Zum Schluss kam ein ausgefallenes Dessert dazu. Wir waren damals alle sehr satt und zufrieden nach dem ausgefallenen Mahl. Die Kosten schätze ich so um die 100 –, DM pro Person.

Das größte für mich war jedoch eine Einladung seiner Mitarbeiter in sein Haus. Er bewohnte mit seiner Familie ein ziemlich großes Anwesen außerhalb der Stadt. Da Herr P., so wie ich auch, ein Pferdenarr war, und es sich leisten konnte, besaß er einige prächtige Exemplare in seinem Stall. Es war damals Winter und beschlossen eine Schlittenfahrt zu organisieren. Zwei Schlitten mit jeweils einer Troika wurden aufgespannt, um uns herum zu kutschieren. Diese Fahrt im tiefverschneiten, nahen Wald war für mich damals ein Erlebnis besonderer Qualität. Mit leuchtenden Augen und roten Wangen nahm ich, auf dem Schlitten sitzend, alles in mich auf. Ich saugte sozusagen alles Schöne wie ein Schwamm in mich hinein. Die fliegenden Mähnen der Pferde, ihr Geschnaube, ihre dampfenden Leiber, die glitzernden Tannen und den stöbernden Schnee. Ich war berauscht und verklärt. Wieder zurückgekehrt, ging es ins geräumige Haus, wo wir uns an einem brennenden Kaminfeuer rundum auf Decken ausbreiteten. Wir wurden mit Wein und Snacks versorgt, und durften uns so richtig wohlfühlen.

Ich spürte die Romantik jener Stunde am knisternden Feuer besonders stark. Später servierte man uns noch eine große gemischte Platte und Cognac. Glücklich und zufrieden trat ich abends die Heimfahrt an.

Für diese wertvollen Erlebnisse in jener Zeit bin ich meinem Chef, diesem besonderen Menschen, sehr dankbar.

7. Der Besuch bei meinem Vater

Meinen Vater hatte ich bis zum Jahre 1993 noch nie gesehen. In den letzten Jahren war ich neugieriger geworden und der Wunsch ihn endlich kennenzulernen stärker geworden. Von meiner Mutter wusste ich, dass er in Kiel mit seiner neuen Familie lebte. Telefonischen Kontakt hatten wir früher schon mal aufgenommen, aber nie einen persönlichen. Schließlich hatte ich ein Recht darauf. Er gelang mir auch dieses meinem Vater zu erklären und eine Verabredung zu treffen. An einem Wochenende begab ich mich mit dem Nachtzug in einem Schlafabteil auf die Reise. Am nächsten Morgen sollte ich von meinem Vater am Bahnsteig Kiel abgeholt werden. Am Morgen der Ankunft nahm ich gelassen meine Reisetasche und stieg aus. Es herrschte ziemlich viel Betrieb auf dem großen Bahnhof. Ich hielt sogleich Ausschau nach ihm. Was für eine Überraschung, als mir ein Lautsprecher verkündete, ein gewisser Herr T. konne leider nicht kommen, da seine Ehefrau krank sei. Ich war erst mal zutiefst betroffen und erstaunt. Da hört sich doch alles auf!

Ja, was nun? So beschloss ich einfach die Stadt zu erkunden, auch die Küste wollte ich immer mal sehen. Somit brauchte ich eine Bleibe für die kommende Nacht. Das Wetter war zum Glück gut und so verbrachte ich den Tag im Freien. Heute weiß ich, wie niederträchtig das Verhalten der Frau T. war. Geschickt wusste sie unser Treffen zu verhindern und mein Vater konnte nichts dagegen tun.

Darum hätte ich damals mit einem Taxi vor die Türe fahren sollen und ganz dreist meinen Vater zu sprechen wünschen. Stattdessen fuhr ich am nächsten Morgen unverrichteter Dinge zurück nach München. Von meiner Mutter hörte ich später, diesen Ausgang hätte sie ja geahnt.

Mein Vater hat sich danach schriftlich entschuldigt, er schrieb u. a.: ich würde seine Verhältnisse nicht kennen usw. Tja, das nutzte mir auch nicht mehr. So kam es bis zu seinem Tod zu keiner persönlichen Begegnung mehr.

Schade, meine Enttäuschung war damals ziemlich groß.

8. Meine „goldene" Morgenstunde (Sommer 96)

Ganz früh gegen 6.30 Uhr erwache ich, erblicke einen graublauen, dunstigen Morgen. Es verspricht ein schöner Tag zu werden. Um 7.00 Uhr, wenn viele noch schlafen, absolviere ich meine tägliche Gymnastik. Es sind Übungen, die ich gut kenne und beherrsche. In Gedanken freue ich mich schon auf die Sonne, die ich bald genießen darf. Nach einem guten Frühstück öffne ich um ca. 9.00 Uhr die Balkontüre breit. Sodann lege ich eine breite, dicke Matratze auf den Berberteppich nahe der Tür. Sonnenöl und Kopfschutz befinden sich in der Nähe meiner Liege. Die Sonne ist über dem Dach gegenüber voll erschienen. Unten im Hof, über dem sich mein Balkon befindet, ist es um diese Stunde noch ganz ruhig, nur eine Amsel singt ihr Lied. Vor neugierigen Blicken aus den gegenüberliegenden Fenstern schützen mich meine Blumenkästen. Da wachsen 1,5 m hohe Cosmeapflanzen und weiße Margeriten, welche ihre zarten Blumenstängel im Morgenwind wiegen. Ich mache es mir auf meiner Polsterliege bequem, will die Ruhe genießen. Also tauche ich ab, ganz flach nach unten. Mein Morgenkleid habe ich abgestreift. Die Sonnenstrahlen berühren meine Haut. Es ist wie eine Liebkosung, sodass ich nur sage „Ach ist das schön".

Ich recke mich nach Herzenslust, genieße die Wärme und Stille der Morgenstunde. Kein Kind mit seinem Geschrei und kein Hundegebell stören mich. Es ist wirklich ein Genuss, sich von der Sonne umschmeicheln zu lassen, nur mit einer Badehose bekleidet. Außerdem kommt die Wärme der Morgensonne meiner Gesundheit sehr zu Gute, ich spüre es am ganzen Leibe. Ein Glücksgefühl erfüllt mich mit Zufriedenheit. Ich liebe das Leben.

9. Eine besondere Reise (Mai 1997)

Es war im sonnigen Süden in San Mauro Mare. Salva und ich waren früh morgens vor der Abreise vor unserem Hotel. Mit gepackten Koffern begaben wir uns in die Empfangshalle, um sie bis zum Eintreffen unseres Busses dort abzustellen. Um ca. 7.20 Uhr gingen wir in den etwas abgelegenen Speiseraum zum Frühstück. In der Zeit von 7.30 bis 9.00 Uhr sollte uns ein Bus abholen. Als wir um 7.50 Uhr zurückgingen, sahen wir draußen zwei Busse, jedoch nicht von unserem Reisebüro. So warteten wir weiter auf der Straße und schauten angestrengt nach unserem Bus. Es wurde 8.30 und dann 9.00 Uhr. Ich dachte mir, etwas stimmt hier nicht, und ging zur Rezeption. Bei meiner Nachfrage erfuhr ich, dass der Bus schon um 7.30 Uhr eingetroffen wäre und schon lange fort sei in Richtung München. Da waren wir erst mal sehr geschockt, bestürzt und ratlos. Aufgeregt fragte ich den Hotelier auf Italienisch, was wir denn nun machen sollten, ohne Fahrzeug und mit dem ganzen Gepäck stehen gelassen. Ja, kam die Antwort, den nächsten Zug nehmen oder halt noch länger dableiben. Inzwischen kam auch S. dazu, auch er redete total aufgeregt und durcheinander. Danach riefen wir unser Reisebüro in München an. Der Chef war persönlich am Apparat. Ich sagte ihm, wie es uns ergangen war. Er blieb ganz ruhig, sagte, es ginge mittags ein anderer Bus nach München ab Cesena, ob wir den nehmen wollten. Er rief uns noch mal an, damit es klappte. Der Hotelier war nett und bot uns an, auf seine Kosten noch ein paar Tage zu bleiben, in unseren bisherigen Zimmern. Andernfalls bot er uns an, sein Auto gratis zu benutzen, um nach Cesena zum besagten Bus zu kommen. Gern nahmen wir dieses Angebot an. Also fuhr uns sein Bruder um 12.30 Uhr hin. Mit 140 km/h in einer halben Stunde Fahrt. Pünktlich waren wir samt Gepäck an Ort und Stelle auf einem Rastplatz nahe der Autobahn. In praller Sonne warteten wir sehnlichst auf das Eintreffen unseres Automobils. Ich kam mir vor wie in Mexico City, so an der staubigen Straße, war schon seltsam das alles. Endlich um 13.40 Uhr wurden meine Stoßgebete erhört. Ein Bus bog in die Ausfahrt ein. Ein Stein fiel mir vom Herzen. Erst jetzt fuhr unser Zubringen zurück.

10. Schlittenfahrt auf dem Kutschbock

Endlich, nach langen grauen Wochen, hatte es geschneit. Außerhalb der Stadt würde wohl einiges an Schnee liegen geblieben sein. Meine Freundin Melly und ich beschlossen am nächsten Sonntag zu einer Pferdeschlittenfahrt ab Mittenwald aufzubrechen. Nachdem wir nach etwa zwei Stunden Busfahrt am Ziel waren, sahen wir schon von Weitem die ersten Pferdeschlitten, insgesamt fünf, auf uns warten. Wir wurden leider beide getrennt, auf zwei Schlitten in Decken verpackt. Jede von uns beiden saß auf dem Kutschbock neben dem Kutscher. Dort verharrten wir der Dinge, die da kommen sollten. Endlich ging es los nach Elmau, 1,5 Stunden Fahrt bei einer Außentemperatur von ungfähr -3 °C.

Erstmals fuhren wir auf der Straße, die frei von Schnee war. Danach rechts weg auf eine Anhöhe, die sich direkt rund um den Ort befand. Wir hatten bald einen schönen Ausblick, hoch von unserem Thron. Die Pferde vor mir schnauften, sie mussten sich kräftig in die Riemen legen.

Nach einer halben Stunde wechselte das Szenario, es zeigten sich dick verschneite Tannen, auch Sträucher, welche den Weg säumten. So sollte es während der ganzen Fahrt bleiben. Plötzlich ging es bergab, die Pferde wechselten zum Trab, dabei flogen ihre braunen Mähnen und die Glöckchen am Hals bimmelten aufgeregt.

Die klugen, schönen großen Augen sahen dabei stets in Richtung des Kutschers. Sie reagierten auf jedes Zeichen der Zügel sofort. Hüh, kappi, zo, das hieß dann wieder langsam. Klapp, klapp stießen die bezogenen Hufe der Tiere hart auf, um einen Halt im gefrorenen Schnee zu finden. Die Pferdeleiber begannen langsam zu dampfen, mir jedoch wurde es im Fahrtwind kälter und kälter. Dennoch war es wunderschön. Ich genoss die Fahrt, die Nähe der von mir geliebten Pferde, die bizarre, verzauberte herrliche Landschaft, welche in ihrer winterlichen Vielfalt stets wechselnde Bilder bot. Auf einmal waren wir dann in der Nähe eines Landgasthofes und die Reise vorläufig beendet.

Alles stürzte umgehend in die wohlige Wärme des Lokals, um sich bei Kaiserschmarrn, Apfelstrudel, Pfannkuchen oder einem Fleischgericht zu stärken.

Nach 1,5 Stunden Pause traten wir die Rückfahrt an, ich durfte nochmals hoch oben auf dem Kutschbock sitzen, diesmal neben Melly. Wiederum bewunderte ich die Kraft und Ausdauer der Pferde.

Bald ging ein besonderer Tag zu Ende.

11. Sylt – Klappholttal

Akademie am Meer

05.09.2000

Meine Anreise war mit der W. Thea mit E. Und eine weitere Bekannte DM. Wir kommen um 16 Uhr mit dem Zug in Westerland an. Beim Aussteigen kippt der E. um, bekomme einen Schreck. Zum Glück gibt es eine Bushaltestelle, der Bus wird uns zum Ziel bringen. Das Wetter ist freundlich, die Sonne scheint. Kaum angekommen kippt der Eugen wieder um. Es wird ein Wagen für unser Gepäck geholt, damit ist er voll beladen. Nach einigem Hin und Her bekomme ich ein neues Quartier, da ist die Dusche und WC im Haus. In den kleinen Einzelzimmerhäuschen sind die Sanitäranlagen draußen. Muss für den Wechsel 200 DM mehr bezahlen. Abends im Konzert, bin ich nur bis zur Pause, weil ich sehr müde und unruhig bin.

06.09.2000

Nach unserem Morgen-Gesang gehe ich über Leitplanken und Dünen das Meer begrüßen. Es ist unruhig und stürmisch aber sehr schön. Im Sand stehen einige Strandkörbe. Nach Turbulenzen wegen unserem Tischplatz gehe ich zu Chi gong. Das Wetter wird schlecht, es regnet in

Strömen. Nach dem Mittagessen gehe ich trotzdem hinunter ans Meer. Mit Schirm, Gummischuhen (extra gekauft) und Windjacke. Bin ca. 40 Minuten unterwegs, es gibt nun starke Wellenbrecher. In den letzten 5 Minuten dort unten zerbricht mein Schirm. Gehe nach Hause und gleich in die Dusche. Meine Jacke ist durchnässt bis aufs Futter, trocknet nur langsam. Habe meinen Regenmantel nicht dabei, das ist nun ganz schlecht. Der Schirm kaputt und es regnet weiter. Als ich beim Abendessen über mein Leid klage, versteht mich niemand. Die Frau F. meint nur, das wäre kein Grund „den ganzen Tag zu jammern". Bin deprimiert. Das hat mir gereicht. So ging ich in mein Zimmer und weinte nur noch. Diese Frau in unserem Team ist herzlos und eiskalt. Das werde ich auch der Mimi sagen. Es ist nämlich ihr Anhang. Dabei hat die Frau F. einen riesigen Koffer dabei, mit vielen Hosen, Regenjacken usw. Jedoch von Hilfe keine Spur, null Kameradschaft, so typisch für die Deutschen. Wie ich das alles hasse. Mit der Person werde ich bestimmt nie wieder verreisen. Meine Rainboots werden vielleicht nach ein paar Tagen innen getrocknet sein. Schöne Aussichten!

07.09.2000

Heute früh ist der Himmel klar, darum beeile ich mich, kann um 7 Uhr 30 schon am Meer sein. Die Sonne bricht durch und ich genieße die großen Wellenbrecher. Siehe viele Spuren im Sand, verwehte und ganz frisch von etlichen Vögeln. Setze mich ein Weilchen in einen Strandkorb, er ist sogar bequem. Jetzt muss ich schnell zum

Frühstück, es findet um 9 Uhr statt. Danach um 9 Uhr 45 mache ich den Morgentanz mit.

08.09.2000

Das Wetter bleibt gut. Bin vor- u. nachmittags am Meer, wandere viel und ruhe mich danach im Strandkorb aus. Die stehen meist leer. Sehe fast täglich Leute, die hier zum Nacktbaden herkommen. Sie lassen ihre Kleider einfach am Strand liegen. Die Möwen sind hier riesig und wenn sie etwas bekommen auch zutraulich.

10.09.2000/Sonntag

Heute gehe ich mit einer Frau Martha zur Vogelkoje. Wir sind den ganzen Vormittag zusammen. Einige Leute sind nach Keitum gefahren, das sind die ganz Langsamen, ich bin nicht mitgefahren. Am Abend gibt es ein wunderbares Konzert, welches ich sehr genieße. Auch am nächsten Tag ist das Wetter sehr schön, total windstill, wie selten hier, wird uns gesagt. Um 10 Uhr findet eine Sylt-Rundfahrt mit dem Bus statt. Mir geht es plötzlich nicht gut, bin total schwindlig. Nach dem gemeinsamen Singen schleppe ich mich zum Essen. Trinke auch Kaffee und schwarzen Tee damit mein Kreislauf besser funktioniert. Habe keine Blutdruckwerte gemessen. Fahre dann doch mit, es geht mir langsam wieder besser. Einen Arzt gibt es hier in der Nähe sowieso nicht. Nachmittags bin ich am Meer. Alle laufen nackt herum, ich jedoch nicht. Ich lasse mich jedoch von den starken Wellen der Brandung bespritzen, es gibt eine gewaltige Unterspülung (Sog).

12.09.2000

Heute Vormittag ist wieder Beschäftigungsprogramm. Es ist sehr windig, auch Regen fällt. Um ca. 12 Uhr bin ich am Meer, die Sonne scheint wieder etwas. Nach dem Mittagessen sitze ich mit der Mimi in einem Strandkorb. Hier treffe ich auch die Martha wieder. Es wird schön, sodass wir die Sonne bis 16 Uhr 30 genießen können. Danach habe ich Schreibwerkstatt. Abends mache ich einen sehr schönen einsamen Spaziergang in die Heide. Es wird zunehmend dunkler.

13.09.2000

Wir haben weiterhin gutes Wetter. Es läuft heute das übliche Beschäftigungsprogramm, Chi-gong, Tanz und Gymnastik. Am 14. findet die Schifffahrt zur Hallig statt. Der Morgen ist trübe. Um 10 Uhr geht es los, mit dem Bus zum Schiff, welches uns von Hornum bei Flut übers Wattenmeer trägt. Es geht alles sehr schnell. Das Wetter bessert sich, die Wolkendecke reißt auf und gibt eine wunderschöne Sonne frei. Wir fahren in einer Fahrrinne zwischen Amrum und Föhr zur kleinen Hallig Hooge. Am Ufer warten Pferdekutschen auf uns, sie bringen uns weiter zu einer kleinen Besichtigung. Gehe noch ins Sturmflutkino, danach ist um 15 Uhr Rückfahrt.

15.09.2000

Das Wetter hat umgeschlagen, es regnet oft, ist auch sehr windig. Am Abend haben wir 2 Stunden Folkloretanz. Die Thea hat den E. mitgebracht. Keine gute Idee!

16.09.2000

Vormittag regnet es noch immer. Habe jedoch meine Beschäftigung, so das übliche halt. Nachmittags, als der Regen nachlässt gehe ich wiederholt ans Meer. Abends bin ich sehr niedergeschlagen, möchte nur nach Hause. Hatte hier keine angenehme Unterhaltung, bis auf die Tischgespräche. Die Mimi lässt geistig nach, die F. kann ich vergessen. Sie ist zum Umfallen schwach und zittrig, aber zur Messe nach Hannover muss sie unbedingt mit der Mimi fahren. Gut, dass ich nicht dabei bin.

Langsam rüste ich mich zur Abreise, darüber bin ich froh.

17.09.2000

Heute früh um 9 Uhr singen wir für zwei Geburtstagskinder ein Lied. Mit 81 und 90 Jahren sind sie noch hier angereist. Am Vormittag mache ich einen weiten Spaziergang. Eine Stunde in Richtung Kampen. Setze mich am Strand der Vogelkojen in einen Strandkorb, beobachte eine Robbe, die immer wieder auftaucht. Das Wetter ist besser, kein Wind. Rede noch mit einer Dame aus Düsseldorf. Später gehe ich durch die Dünen nach hinten und auf dem Landweg zurück. Das ist ganz schön weit, nur Radler sind hier unterwegs, zum Mittag gibt es heute Kalbsbraten. Nachmittags will ich mit der Mimi zum Kaffeetrinken gehen.

18.09.2000

Habe schlecht und wenig geschlafen, konnte von dem Kaffee mit Koffein nicht einschlafen. War zum Morgentanz und Qui-gong. Fühle mich nicht gut. Messe endlich mal meinen Blutdruck – 177/93 zu hoch. Bin wohl überfordert, das andere Klima, dazu die ganzen Tätigkeiten, das ist zu viel. Werde wohl viel ruhen. Die F. meinte nur dazu – davon bekäme man keinen Infarkt, sehr trostreich, eine blöde Kuh. Der Abend beginnt um 20 Uhr mit einer Lesung aus unserer Schreibwerkstatt. Wir sind 12 Personen, alle lesen etwas von ihrer Arbeit vor. Dann besichtigen wir noch die gemalten Bilder. Kann wieder nicht einschlafen.

19.09.2000

Es ist heute sehr stürmisch geworden, auch kälter aber die Sonne scheint nach 4 Tagen wieder. Bin noch ein letztes Mal im Strandkorb, rede mit der Martha. Dann geht es ans Kofferpacken.

20.09.2000

War heute früher beim Frühstücken. Danach beförderte ich meinen Koffer mit der Schubkarre zur Verwaltung, ein Mann hilft. Im Vorraum gibt es einen großen Verhau, alles nur Koffer. Ende der Vorstellung, ade!

Der Sturm ist gigantisch, mir ist schwindlig.

Unterwegs: Das Umsteigen im Hamburg Dammtor schaffen wir nur mit Mühe und Not. Die Thea hat nur noch mit dem kranken Mann zu tun, um ihr Gepäck kann sie sich nicht kümmern. Im ICE nach München stelle ich fest, dass mein Bibliotheksbuch im anderen Zug blieb. Meine Strümpfe sind auch zerrissen, da ich im Rock reise. Schöne Bescherung!

12. Auszüge aus meinem Tagebuch während eines 17-tägigen Aufenthalts im Kloster Bonlanden

09. Oktober 2001 (Erste Eindrücke)

15.40 Uhr: Ankunft in Tannheim Bahnhof. Es steigen ca. 4 Personen mit mir aus. Die Schwester Anna wartet am Bahnsteig auf mich. Es folgt eine herzliche Begrüßung. Es ist eine sympathische Frau, welche mich dort mit einem silbergrauen VW Gold erwartet. Wir fahren eine ziemliche Strecke über Berkheim nach Bonlanden. Die dazugehörige Kirche unten, vor einem riesigen Klosterkompaktbau auf einer Anhöhe stehend, befindet sich derzeit unter Gerüsten und wird vollständig saniert. Nach dem Aussteigen sehe ich drei Gebäude: das erste Haupthaus mit der Klosterpforte ist sehr lang, das zweite ist das Tagungshaus, im dritten bin ich untergebracht. Es handelt sich um ein helles 2-stöckiges Haus mit einem Eckturm. Beim Betreten des für mich bestimmten Zimmers bin ich angenehm überrascht. Die Schwester, die mir den Koffer nachträgt, fragt, ob es mir gefällt. Natürlich, alles gefällt mir, von der weißen Einrichtung mit geschnörkelten, vergoldeten Verzierungen bis hin zu der hellen Stofftapete. Auf dem glänzenden hellen Parkett steht noch eine reizende Kommode. Den Boden schmücken zwei echte Brücken sowie ein Tischchen mit zwei weißen, zierlichen Stühlen dazu. Ein Willkommensschild gibt es auch. Dazu überall entzückende Väschen mit Röschen samt einer Obstschale. Alles picobello, sauber und gepflegt. Das

Fenster mit seinen blauen Stores gibt einen Hang mit buntem Mischwald frei, davor erstreckt sich eine große Wiese. Links schweift mein Blick auf einzelne Gehöfte und Felder, sehr schön. Auch der Hausflur ist beschaulich.

Unten rechtes beim Eingang ist ein kleines Tischchen mit einer wunderschön gearbeiteten Decke. Darauf thront eine rosa Azalee. Dahinter das Zimmer vom Klosterpfarrer und ein Gästezimmer. Während man rechts die gewundene Treppe hochsteigt, kann man an den Wänden hübsche Gebinde und Sträuße bewundern. Oberhalb der Treppe eine lange Fensterbank voller Usambaraveilchen und anderen Pflanzen. Im ersten Stock bedeckt den glänzenden Boden ein runder, schön verarbeiteter Teppich aus Fohlenfell. An den Wänden vor den einzelnen Zimmern schauen irgendwelche Ahnherren aus riesigen dunklen Rahmen herab. Hier befindet sich noch eine wunderschöne, kostbare Konsole, welche ein Trockenblumenstrauß ziert. Rechts am Gang Bäder und Toiletten. Nach diesem ersten Rundgang begebe ich mich in das größte Gebäude zur Messe, welche um 18.00 Uhr in der Klosterkapelle stattfindet. Eine nette Schwester an der Pforte zeigt mir den Weg. Beklommen betrete ich das Kirchlein, sehe ca. 30 Schwestern mit langen schwarzen Kleidern und Hauben, sowie den Pater mit schneeweißem Bart. Alles ungewohnt für mich. Setze mich in die letzte Bank. Nach dem Gottesdienst gibt es ein Abendessen, es gibt Wurstsalat, Butter und Brot, sowie zwei Joghurt, dazu Tee meiner Wahl. Mein Geschirr trage ich danach in die Küche nebenan, plaudere noch etwas mit der Pfortenschwester, die dort zuständig ist. Merke dabei, dass ich in Schwaben bin, wo ein anderer Dialekt herrscht. Somit ist der erste Tag mit vielen neuen Eindrücken beendet.

Meine (lebens)gefährlichen Erlebnisse mit Schutzengel (1)

Neu geschenktes Leben

Im Jahre 1942, 11-jährig, besuchte ich meine Verwandten auf der Insel Grenzdorf im Danziger Werde und langweilte mich gerade. Also band ich einen Kahn vom Steg los und setzte mich hinten auf die schmale Kante, nahm ein Ruder und paddelte los, auf einem tiefen Nebenfluss der Weichsel. Es ging alles ganz einfach, plötzlich jedoch fiel ich hinterrücks ins kühle Wasser. Sofort schrie ich aus Leibeskräften „Hilfe, Hilfe". Ich war ja erst elf Jahre und konnte nicht schwimmen. Dann zog es mich kerzengerade unter Wasser, wo ich viele grüne, lange Pflanzen sah, die sich hin und her bewegten. Mit weit aufgerissenen Augen schwebte ich schwerelos wieder an die Oberfläche, schrie erneut, wieder ging es nach unten. Plötzlich sah ich im Geiste die Schule, Familie, Freunde und Bekannte deutlich vor mir, sehr seltsam war das. Da war ich oben und wurde von einer Hand an meinen Zöpfen festgehalten. Ich war gerettet von einem kleinen Mädchen. Sie stand in einem Ruderboot. Ein Mann, der zum Steg geeilt kam, brauchte seine ganze Kraft um mich an Land zu hieven. In nassen Schuhen, triefend vor Nässe, zitternd vor Kälte und Angst lief ich zurück zu meiner Großtante. Als die dann schließlich heimkam, hatte sie schon unterwegs die ganze Geschichte über mein Missgeschick erfahren. Sie war heilfroh, dass alles so glimpflich abgelaufen war. Meine neunjährige Lebensretterin erhielt später für ihre Tapferkeit eine Belohnung von meiner Mutter. Darüber freute sie sich sehr, stammte sie doch aus einer kinderreichen Familie. Ein gemeinsames Foto beschloss diese Episode, bei der mein Schutzengel gewacht hatte.

Der Schreck (2)

Es ist Anfang des Jahres 1945, Endspurt des Zweiten Weltkrieges. Wir hausen in Danzig in der „Großen Molde" seit langen Wochen im Keller. Wir – das sind meine Mutter, der Großvater, Nachbarn und ich. Draußen, dicht bei unserem 4-Familienhaus, ist deutsche Kavallerie stationiert. Es gibt dort ein wüstes Durcheinander von Pferden, Wagen, Munition und Soldaten, mitten unter einer sehr hohen alten Birke. Vielleicht soll der Baum etwas Deckung vor angreifenden Fliegern bieten. Eines Tages bin ich neugierig geworden, will auch mal frische Luft schnappen. Also begebe ich mich vor die Haustür. Als ich dort auf der erhöhten Eingangstreppe stehe, rast plötzlich ein Tiefflieger heran. Durchs Fenster des Cockpits schießt jemand in Pilotenkappe wild um sich, zielt auch auf mich. Ein Schreck fährt mir durch die Glieder. Mit einem Satz bin ich wieder hinter der Tür verschwunden. Es ging alles rasend schnell.

Ich kann mich auch heute noch an das sehr laute aufheulende Motorengeräusch und das Knattern des Maschinengewehrs bei diesem Angriff gut erinnern, war damals 13 Jahre alt.

Unfreiwilliges Tauchen   (3)

Damals, im Jahre 1948 war ich gerade 17 und wohnte noch in meiner Heimatstadt Danzig. An einem warmen Julitag fuhr ich mit Freunden ans Meer um zu baden. Um dorthin zu gelangen, benötigt man ca. 20 Minuten von der Stadtmitte mit der Trambahn. Wir alle waren fröhlich und unbeschwert am Ziel angelangt. Alsbald ging ich mit meinem 19-jährigen Freund K. ins Wasser. Jedoch hier in Heubnde hatte unsere Ostsee so ihre Tücken. Es befanden sich in ihr, noch vom letzten Krieg her, tiefe Wunden sprich Löcher, die von Bomben stammten. Wir beide gerieten nun im seichten Wasser vor so einen Graben. Wir müssen jetzt da durchschwimmen sagte K zu mir. Als wir jedoch mittendrin schwammen, deckte uns plötzlich eine große Welle zu. Sofort geriet ich in Panik, da ich schon vor sechs Jahren auf einem tiefen Seitenfluss der Weichsel aus dem Kahn fiel und beinahe ertrunken wäre. Darum klammerte ich mich an den Freund, ließ ihn nicht mehr los. Das ganze wurde schnell dramatisch, da sich ein Kampf zwischen uns beiden entwickelte. Über und unter Wasser brodelte, spritzte und gluckste es schrecklich. Wir wären sicher beide ertrunken, hätte sich mein Freund nicht losgerissen und auf und davon gemacht. Erst als ich merkte, dass ich allein war, kehrte meine Geistesgegenwart wieder. Da schwamm ich zur nächsten Sandbank, wo ich zitternd zum Stehen kam. Den vielen Leuten, die in der Nähe herumstanden, hatten wir wohl ein interessantes Schauspiel geliefert. Da entdeckte ich auch meinen Freund wieder. Er kam sofort und führte mich an den Strand zurück. An unserem Platz angekommen, musste ich auf diesen Schreck erst mal einen Schnaps trinken, den jemand dabei hatte.

Der Spuk war vorbei – Schutzengel gehabt.

Der Abschied (4)

Nun war es soweit. Meine geliebte Tochter siedelte nach ihrer Heirat in Danzig 1974 zu ihrem Ehemann über. Er lebte damals in der Schweiz. Nach Zürich sollte es gehen. Zurück, Schweiz, Wunderland. Wo befand sich dieses alles? Für uns damals nur Träume, diese ganz südlichen Länder, unerschwinglich teuer, für uns im polnischen Osten. In Warschau sollte ihr Flug beginnen. Zusammen mit meiner Mutter begleiteten wir Sabina mit dem Zug zum internationalen Flughafen nach Warschau. Die Hinreise war für mich noch einigermaßen erträglich, Sabi war ja noch bei uns, greifbar nahe. Dann hieß es Abschied nehmen, für immer? So empfand ich damals jedenfalls. Mir war sehr unbehaglich und mulmig in der Magengegend, später, als ihr Flugzeug startete, weiter und weiter weg rollte, fing ich an zu weinen, als es abhob, laut zu schluchzen und zu jammern, befand mich zwischen Himmel und Erde, Traum und Wirklichkeit. Ich glaubte, der Boden würde unter meinen Füßen versinken, fiel vor Schmerz und Qual in mich zusammen. In diesen Augenblicken wurde mir deutlich bewusst, wie sehr ich sie doch lieb hatte. Nur Beruhigungstabletten konnte mich jetzt noch retten. Also nahm ich etliche. In Kürze traten wir zu zweit die Rückreise an. Die Medikamente fingen an zu wirken. Im Zug saß ich zwischen

Mutter und irgendeinem Mann eingepfercht. Ich wurde sehr müde. Es war ungeheuerlich, ich war fest eingeschlafen. Dabei taumelte ich zwischen zwei Personen neben mir hin und her. Mal rempelte ich diesen mal jenen mit meinem schaukelndem Kopf an. Meine Mutter weckte mich öfter und tadelte mich wegen meines Benehmens: ich schaute sie jedes Mal erstaunt an. Wusste von nichts. Alles war mir egal, was machte es schon aus.

Nach Jahren erst ergab es sich, dass ich ganz in die Nähe meiner Tochter ziehen konnte. Wir wohnen nun beide im schönen jedoch regnerischen München.

Der Graben (5)

Im Jahre 1979 war ich 48-jährig, verwitwet und lebte noch in Danzig (Gdansk). Im Sommer beschloss mein damaliger Freund seine alte Mutter auf dem Lande zu besuchen. Sie wohnte ca. 500 km entfernt, in einem Ort nahe der russischen Grenze. Die Reise sollte mit dem kleinen weißen Auto meines Freundes von Danzig aus stattfinden. Ein Bekannter mit zwei halbwüchsigen Kindern und ich waren mit von der Partie. Also fuhren wir an einem frühen Sommermorgen vollbeladen los. Am Steuer löste ich den Fahrer manchmal ab. Es wurde Abend. Wieder auf dem Beifahrersitz schloss ich ab und zu die Augen. Inzwischen waren wir nur noch ca. 60 km vom Zielort entfernt, draußen finstere Nacht. Als ich wieder einmal beim Dösen war, zwang mich eine innere Stimme schnell die Augen zu öffnen. Da sah ich unseren Wagen gerade noch in einer Sause auf die Gegenbahn driften. Ehe wir uns versahen, lagen wir alle in einem ziemlich tiefen Graben. Nach dem ersten Schreck, haben wir uns dann gegenseitig mit zitternden Gliedern wieder an die Oberfläche gehievt. Niemandem wurde auch nur ein Haar gekrümmt. Nicht auszudenken, wenn uns in diesem Moment ein Lastwagen entgegengekommen wäre. Daraufhin brauchten wir Erwachsene erst einmal einen Schluck aus der Schnapsflasche, die unversehrt im Auto herum rollte. Mein Freund machte sich alsdann auf die Suche nach einem Bauernhof. Er kam auch bald mit einem Bauer und dessen Pferd zurück. Mit voller Kraft zog das Pferd den Wagen aus dem Loch. Das Lenkrad hatte sich gelockert, infolgedessen konnte das Auto nicht mehr gesteuert werden. Nachdem es wieder befestigt war, lachten wir alle herzlich und setzten unsere Reise fort.

So ein Glück im Unglück.

Ohne Luft (Atemberaubend)   (6)

Ab 1982 befand ich mich in der BRD.

Es geschah etwa 1986 als ich mich auf einem Sommerspaziergang auf einer blumigen Wiese in Bayern befand. Unbefangen stieg ich bergan, bewunderte dabei die üppige Blumenpracht, schaute hier und dorthin. Dabei genoss ich ein Lutschbonbon, das ich im Munde umherrollte. Mit einem Ruck ist er von meiner Zunge in den Hals gerutscht, verschloss mir die Luftröhre, beraubte mich des Atems, „klebte fest". Die Brust schnürte sich mir zusammen, mein Herz hämmerte beklommen. Ich gab heulende Geräusche von mir, mühselig nach Atem ringend. Die nackte Angst packte mich. Ein Würgen und

Husten, ich winde mich um mich selber, schlangengleich. Mit einem Ruck war es plötzlich wieder heraus. Ich war frei, konnte wieder atmen. Die schrecklichen Sekunden sitzen mir noch eine Weile in den Gliedern. Genau dasselbe passierte mir zu einem späteren Zeitpunkt zu Hause, wieder mit einem Lutscher, wobei ich mich ohne Luft zu bekommen halb abwürgte bis es endlich doch herauskam und ich befreit war. Ein Albtraum.

Im Jahre 1994 während meines wöchentlichen Schwimmtages im Volksbad in München wieder ein Horror. Als ich gerade im tiefen Wasser schwamm, schwappt mir da plötzlich etwas Wasser in die Luftröhre, kein Atem mehr, nur Röcheln. Ich hechte in Panik zur Seitenleiter, hieve mich mit letzter Kraft hoch, unfähig ein Wort zu sagen. Falle oben auf einen Stuhl und würge, huste pruste. Endlich nach einer scheinbaren Ewigkeit bekomme ich langsam Luft, erhole mich etwas. Die Leute staunen, schauen nur. Mein Schutzengel wacht bei mir!

Der Aufprall (7)

Im Jahre 1990 fuhr ich noch meinen kleinen VW Käfer. Irgendwann im Sommer war ich mit Bekannten zu einem Ausflug verabredet. Jeder mit seinem Auto. Wir fuhren vom Westend/München los. An der großen Kreuzung am Harras war die Ampel auf Rot. Bei Grün startete ich mit angezogener Handbremse und konnte deshalb nicht richtig anfahren. Ich wurde nervös, verwechselte irgendwie die Pedale und weiß nicht was los ist. Plötzlich rast das Auto los, landet an einem Hindernis in der Mitte des Platzes, dann auf den Schienen der Tram und kommt dann rechts am Bordstein unbeschädigt zum Stehen. Das Auto von meinen Freunden hält auch in der Nähe. Leider ist mein Wagen im Eimer, Achse gebrochen, Pedalseil gerissen. Schluss mit Autofahren, bin dafür wohl zu nervös.

Wieder war mein Schutzengel zur Stelle.

TEIL 2

Die Zeit von meinem 6. bis 19. Lebensjahr (1937–1950)

Im Jahre 1937, im Alter von 6 Jahren, zerbrach für mich, damals noch unbewusst, meine Familie. In jenem Jahr starb bei uns zu Hause meine Oma mit 55 Jahren an Speiseröhrenkrebs, sie musste verhungern. Meine Mutter lebte mit mir damals bei den Großeltern, welche für mich Heimat und die Geborgenheit einer Familie bedeuteten. Der Schock und die Trauer waren groß, für die Hinterbliebenen, insbesondere jedoch für mich. Die Erwachsenen, mein Opa und meine Mutter hatten in dem Chaos wenig Zeit für mich. Mit meinen Gefühlen blieb ich einsam in meiner zerbrochenen kleinen Welt. Allein für mich sollte ich auch die folgenden Jahre verbringen. Da Mutter und Großvater berufstätig waren, gab es niemanden, der für mich da war nach der Schule. Bei der Nachbarin, Frau Pohl, durfte ich eine Weile bleiben und erhielt mittags eine warme Mahlzeit. Danach saß ich wieder bei uns mit unserer Katze auf dem Schoß, wenn die Mimi einschlief, wagte ich mich nicht zu bewegen, um sie nur ja nicht zu vertreiben. Irgendwann war sie jedoch nicht mehr da, ich weiß bis heute nicht, was mit ihr passierte. In der folgenden Zeit lockte ich nachmittags auf der Straße oft Hunde zu mir nach Hause. Wir wohnten etwas außerhalb der Stadt Danzig in der „Großen Molde", dort sah ich viele Hunde. Inbrünstig bettelte ich jeden Abend vor dem Schlafengehen, den Hund doch behalten zu dürfen. Es wurde mir versprochen. Am Morgen, wenn ich erwachte, war der

Hund jedoch jedes Mal hinaus befördert und fort. Meine Enttäuschung war jedes Mal riesengroß, ich musste jedoch in hilfloser Ohnmacht klein beigeben. „Wenn ich groß bin, werde ich einen Hund haben", rief ich da wütend.

In dieser Zeit erkrankte ich oft. Anfang des Jahres 1937 hatte ich den Keuchhusten aufgegabelt. Er quälte mich auf meinem Schulweg mit entsetzlichen Hustenanfällen, wo ich keuchte und nach Luft ringen musste. Nach und nach erkrankte ich auch an Diphtherie, Scharlach, Masern und Erkältungen. So musste ich oft das Bett hüten, mir allein überlassen lernte ich schnell die ganze Fibel auswendig. Da ich danach schwer Luft durch die Nase bekam, untersuchte mich ein HNO-Arzt und fand Polypen. Ambulant wurden sie entfernt. Bevor ich in die Vollnarkose fiel, musste ich zählen, dieses dauerte bei mir sehr lange von 1 bis XX.

Als alles vorbei war, durfte ich nur Speiseeis zu mir nehmen, welches meine Mutter in rauen Mengen kaufte. Der Arzt verabschiedete mich mit den Worten „Jetzt aber immer hübsch durch die Nese atmen".

Ich erinnere mich noch an eine alte romantische Gartenlaube bei Nachbarn gegenüber, in der durfte ich manchmal spielen. Dort war alles sehr geheimnisvoll für mich. Es gab Porzellanpuppen, alte Teddys und viele anderen alte Kostbarkeiten, von Geheimnissen umwoben. Der Aufenthalt machte mich damals froh, lenkte mich von meiner Einsamkeit ab. Manchmal spielte ich auch mit anderen Kindern auf der Straße. Im Winter lief ich von einem kleinen Hang Ski und auf einem Teich in der Nähe unserer Wohnung Schlittschuh.

Meine Versuche fielen jedoch ziemlich kläglich aus. Mit Skiern ging es auch schon mal einen steilen Hang hinab, das machte mehr Spaß. Das schönste Vergnügen an kalten Winterabenden blieb das Rodeln. Unsere Straße ging ziemlich bergab, sodass man von oben von einer Erhöhung rodelnd ziemlich schnell an Geschwindigkeit zunahm. Da sauste mir der kalte Wind um die Ohren und mit roten Backen und nasser Kleidung kam ich später nach Hause. Bei diesem Wintersport war ich leider auch meist allein. Meine Mutter war damals eine attraktive Dame, elegant gekleidet in schickem Kostüm mit einem Rotfuchs über dem Arm, schicken Sandaletten und passendem Hütchen. Natürlich hatte sie auch viele Verehrer und viele Verabredungen besonders an Wochenenden. Ein gewisser Herr K. besuchte uns oft, brachte auch Geschenke mit. Er trug einen dunklen Ledermantel, war wohl ein hoher Parteibonze. Wir hatten inzwischen den 2. Weltkrieg. Daher wohl bekam ich von ihm aus den besetzten Gebieten einen kurzen, bestickten Wildledermantel aus dickem Lammfell. Diesen musste ich trotz meines Protestes tragen. Da niemand damals so einen Mantel besaß, fiel ich natürlich auf und dieses passte mir gar nicht. Irgendwann tauchte ein Herr G. auf. Diesen habe ich in guter Erinnerung. Er gefiel mir sofort und ich hätte ihn gern als meinen Vater gehabt, es bestand viel gegenseitige Sympathie. Jeden zweiten Sonntag durfte ich mit meiner Mutter in einem tollen Auto zu seinem Gutshof über Land fahren. Nach seiner Reklamierung vom Militär wurde auch er dann leider eingezogen. Er fiel irgendwo in einem fernen Land. Alles war vorbei. Die zweite Chance auf eine komplette Familie verloren. Ich war traurig. Die Geborgenheit fehlte mir damals weiterhin, ich glaube auch ein näherer innerer und äußerer Kontakt zu meiner Mutter. Eine Freundin von ihr besaß einen großen schwarzen Hund, den sie manchmal zu uns mitbrachte. Da war ich sogleich Feuer und Flamme. Ich durfte ihn auch unterwegs an der Leine führen. Die Dame wurde von Mama „Libuschen" genannt, wohl ein Spitzname. Natürlich hatte ich auch Schulfreundinnen, eine hieß Lise Schwertfeger und wohnte in der Nähe. Sie war sehr groß mit langen kräftigen Zöpfen. In der Nachbarschaft war ich mit einem zarten Mädchen namens Inge befreundet. Ihre einzige Schwester hieß Astrid. Mit der Inge nun hatten wir viel Spaß, spielten Arztspiele bei mir im Garten mit einem gleichaltrigen Jungen oder zogen uns seidene Strümpfe und Stöckelschuhe an, in welchen wir uns beinahe die Beine brachen. Ich wollte sie nie gehen lassen, konnte gar nicht genug von ihr kriegen. Ihre Mutter lief trotz ihrer Krampfadern stets in hochhackigen Sandaletten umher. Ihr Vater war ein Mensch mit verkniffenen Lippen, denke er war ein höheres Tier bei den Nazis. Nach dem Krieg verlor ich Inge mit Familie aus den Augen. Sie schrieb mir nach Jahren einige Briefe aus Kanada nach Danzig. Als verheiratete Frau lebte sie in nobler Umgebung, später versickerte leider jeglicher Kontakt zu ihr.

Nach meinem 10. Lebensjahre 1941 wurde ich ins Gymnasium in die Holzgasse umgeschult. Die Schulferien verbrachte ich meist bei Großtante und Onkel in Grenzdorf im Danziger Werder. Sie hatten noch ein Nesthäkchen in meinem Alter, die Magda (was ich dort alles erlebte, fühlte, dachte und ersehnte hab ich in einer anderen Lebensgeschichte beschrieben).

Mein Opa, mit einer guten Tenor-Stimme gesegnet, sang damals im Chor der Zoppoter Waldoper. Ich erinnere mich bis heute an die verschiedensten Arien, die er zu Hause übte, da die Musik auch mir im Blut liegt. Dort lernte er eine nette bescheidene Dame mit großem Dutt auf dem Kopf kennen. Sie besuchte uns manchmal. Ich merkte, dass sie meinen Opa anhimmelte. Jedoch ohne Erfolg. Später dann um 1943 etwa machte er durch meine Mutter die Bekanntschaft einer Kolonialwarenladenbesitzerin. Den kleinen Laden führte sie allein. Sie war geschieden. Mein Großvater war öfter dort gewesen, auch ich durfte manchmal im Laden „helfen" Zucker und Mehl in Papiertüten einwiegen. Frau W. war eine kleine, runde, robuste Person und hatte einen Stammkundenkreis. Durch sie lernte ich eine Frau kennen, welche mir ab und zu ihren Rauhaardackel zum Spazieren führen überließ. Voller Enthusiasmus nahm ich ihn an die Leine und marschierte los, durch die Straßen von Schidlitz (in meiner Wohngegend). Jedoch bevor ich nicht meine Hausaufgaben erledigt hatte, durfte ich nie mit dem Hund ausgehen. Da war meine Mutter eisern. Wie wenig sollte mir das in späteren Jahren nützen. – Wir hatten in unserem Hause so einen fanatischen Blockwart und übereifrigen Parteigenossen, der seinen Mantel so nach dem Winde trug. Dieser Herr S. bestand darauf, dass meine Mutter auch in der NSDAP beitrat und ich bei der H.J. landete. Dort erhielt ich dann den Schlips mit dem Lederknoten und eine weiße Bluse mit blauem Rock.

1944, da kam der nächste Schock für mich, ich musste wegen Evakuierung der Schulen das Gymnasium aufgeben. Stattdessen landete ich in besagtem Grenzdorf, um dort die Dorfschule zu besuchen. Das war hart. Ich befand mich mit Jungen und Mädchen des Dorfes in einer kleinen Klasse. Natürlich war ich in meiner früheren Schule schon viel weiter voran gewesen mit dem Lehrstoff. Außerdem hatte ich damals ständig großes Heimweh und Angst um mein Zuhause in Danzig, wo Mutter und Opa weilten. Jedoch musste ich dort ausharren, es konnte mir keiner helfen. Nachts hörten wir oft dicke Brummer mit Bomben Danzig anfliegen. Den hellen Feuerschein der brennenden Stadt sahen wir bis dorthin. Es war schrecklich.

Ich verstand das damals alles nicht. Warum nur durfte ich nicht bei meinen Lieben sein, ich pfiff doch auf meine Sicherheit. Endlich zu Weihnachten 1944 durfte ich nach Hause und dort bleiben, meine Mutter gab nach. Es war eine Erlösung für mich.

Die Großtante mit Familie ist wohl einige Zeit danach in den Westen geflüchtet, ließen alles zurück. Sie hätten mich, wäre ich noch da gewesen, mitnehmen müssen.

Wir währenddessen, hausten wochenlang im Keller. Es war im Winter 44/45; neben dem Garten bei unserem Haus war deutsche Kavallerie stationiert. Gezielt flogen die Tiefflieger dieses Objekt öfter an. Als ich mal in der Haustür stand, um frische Luft zu schnappen, war plötzlich ein Flugzeug vor mir. Ich sah noch den Schützen feuern, bevor ich mich mit einem Satz hinter die Tür rettete. Irgendwann war das Militär wieder fort. Stattdessen sahen wir deutsche Soldaten in großer Hast und Eile unsere Straße hinablaufen. Sie suchten in unseren Kellern nach Zivilkleidung, waren unbewaffnet, verwirrt, hilflos und hungrig. Sie sagten uns nur, die Russen würden folgen. Meinen 14. Geburtstag im März 1945 „feierte" ich mit leerem Magen, ich hatte Hunger. Frau Winter war auch bei uns im Keller, hatte die Innenstadt verlassen. In den Bunkern stadteinwärts haben sich Tragödien abgespielt. Wasserrohrbrüche, Brände, Plünderungen, die reinsten Gräuelgeschichten machten die Runde.

Zum Glück hatten wir je einen großen Sack Zucker und einen mit Mehl in unserem Kohlenkeller unter den Kohlen versteckt. Dieses grau gewordene Mehl diente uns als Nahrung. Auch ging mein Opa oft auf Hamstertouren in abgebrannte Konserven- oder Öllager. Viele starben damals an Typhus wegen Unterernährung.

Jedoch die grausamste Zeit begann erst mit dem Einzug der Russen in unsere Straße. Es war Ende März 45 als der erste Trupp unsere Kellergemächer erreichte. Wir alle waren damals müde, unterernährt, verschreckt und mutlos. Was kam jetzt auf uns zu?

Diese ersten russischen Soldaten jedoch benahmen sich wie normale zivilisierte Menschen, ohne Gewalt. Sie warnten uns aber vor denen, die ihnen folgten. Als sie wieder fort waren, beschmierten wir unsere Gesichter mit Ruß aus dem Kamin im Keller. Meine Mutter versteckte dort ihre Wertsachen, alles versank im Ruß. Ich wurde auf einem Lager unter Decken total versteckt. Danach brach das Chaos los. Polternd, betrunken und schreiend zog die Nachhut durch unsere Häuser und Keller. Sie blickten wild um sich und riefen „Soldat, Soldat, wo Soldat". Da sie keine fanden, begann sie sich für uns zu interessieren, jagten uns Angst und Schrecken ein und liefen wieder hinaus. Die nächsten folgten, Tag und Nacht dasselbe, grauenvoll. Sie wollten Uri und Frauen. Ein 12-jähriges Mädchen wurde im Nebenkeller vergewaltigt, ohne dass jemand etwas tun konnte. Alle Russen waren bewaffnet, trieben überall hemmungslos ihr grausames Spiel. Nach einigen Tagen von Hin und Her erreichte ein völlig betrunkener, bewaffneter Soldat unsere Waschküche. Irgendwie fand er mich in meinem Versteck. Mein Opa und die restlichen Leute mussten den Raum verlassen, er wollte mich, nur mich. Nun begann mein persönliches Drama.

Ich lag da in meinem Trainingsanzug verpackt mit verschmiertem schwarzen Gesicht, auf dem Kopf eine Mütze. Das Maschinengewehr von dem Kerl thronte auf dem Waschkessel. Langsam, ganz, ganz langsam, etwas vor sich her lallend, begann er an meinen Kleidern herumzuzerren. Ich war vor Angst wie gelähmt und halb von Sinnen, fühlte seinen feuchten Mund überall auf meinem Gesicht. Meine Gefühle damals lassen sich nicht beschreiben. Das ging so eine geraume Zeit, mein Unterkörper war schon beinahe frei. Da der Mensch volltrunken war, hatte er kein großes Tempo drauf. Ich jedoch wagte kaum zu atmen. Plötzlich ging mit einem Stoß die Tür zur Waschküche auf. Herein stürmte ein höherer Offizier, der meinen Peiniger sogleich anbrüllte. Mit einem Ruck stand der auch schon auf den Füßen, ergriff seine Waffe, er war wohl schnell ernüchtert. Was die Soldaten sprachen verstand ich nicht. Der Offizier erblickte mich zitternd daliegend und nahm das Schlimmste an, was ja Gott sei Dank nicht passiert war. Er trat an mein Lager, deckte die Decke über mich und streichelte mein Gesicht. Unglaublich das alles. – Danach verschwanden beide Russen. Da die Zeit der Schinderei von deutschen Frauen wohl zu dem Zeitpunkt vorbei war, kam diese prompte Reaktion des Offiziers.

Angeblich wurde dieser Soldat später für seinen Ungehorsam erschossen. Näheres weiß ich nicht. Zweifelsohne rettete mich mein Opa aus großer Gefahr. Er auch war es, der den russischen Soldatinnen aus der Hand die Zukunft sagen ging, um einen Brotkanten zu ergattern.

Als ich mal auf die Straße ging, meinte ich, es sei nach einem Weltuntergang. Umgeworfene Telegrafenmasten, tote Pferde, grölende Grammophone der Russen, allgemeine Verwüstung ringsum. Als es etwas ruhiger wurde, trauten wir uns hoch in unsere Wohnung im Parterre. Dort sahen wir unser Klavier hinausgeworfen im Garten wieder. Unsere Räume wurden kurz darauf wieder beschlagnahmt, wir alle auf die Straße gejagt, es könnte damals April 45 gewesen sein. Wir begaben uns mit einer kleinen Gruppe von Nachbarn auf die nahen Anhöhen am Ende unserer Straße und von dort weiter in Richtung Langfuhr. Dort irrten wir abends in den Schluchten umher, ohne Ziel und Dach über dem Kopf. Irgendwo stießen wir auf Russen, die einen Transport nach Sibirien zusammenstellten. Gesunde, jüngere Frauen und Männer brauchten sie. Wir waren Freiwild auf der Flucht. Ihr Auge fiel auch auf meine Mutter, sie musste sich ganz hinten in den ausgesuchten Trupp von Leuten mit einreihen. Da sie zu herzzerbrechend schrie und weinte, entließ sie später ein Soldat und winkte sie von ihrem Platz fort. „Dawai, dawai." Schnell lief sie wieder zu uns und entging so einem wohl unbekanntem, schlimmen Schicksal.

Danach fanden wir einen Unterschlupf für ein paar Tage und Nächte in einer kleinen Wohnung in Langfuhr, in welcher die Russen wieder pausenlos ein und aus spazierten. Angst und Grauen begann von Neuem. Schließlich machten wir uns auf den Weg zurück zu unserer Wohnung. Das russische Militär war abgezogen. Als Vermächtnis fanden wir ein weißes Kaninchen mit Jungen unter der Couch und eine fette Henne im Bad. Eine sehr willkommene Kost für uns damals. Nach einer geraumen Zeit, die Polen waren inzwischen sehr zahlreich in der Stadt vertreten, wurden wir zum zweiten Mal aus unserem Hause vertrieben. Unsere Wohnung war gut instand und wurde für das polnische Rote Kreuz bestimmt. Sogar unsere Lampen mussten da gelassen werden. Man wies uns eine Wohnung in der Nähe zu. Diese hatte von der Straßenseite ein riesiges Loch in der Außenwand anstatt des Fensters. Es stammte wohl von einer Granate. Wohl oder übel gaben wir uns zufrieden und schlugen das Loch mit einigen Brettern zu. In diesem Zustand hausten wir ziemlich lange zu viert. Mein Großvater verdiente etwas mit Schustern. Frau W. strickte ununterbrochen Pullover. Meine Mutter ging in die Trümmerstadt zum Aufräumen. Es kam da auch vor, dass ich von der Straße weg zur Zwangsarbeit von Polen mitgenommen wurde. Sie brauchten Arbeitskräfte für ihre privaten Zwecke. Da ich in der Zeit stark von Läusen geplagt wurde, hatte man meinen Kopf mit den schönen langen Zöpfen kurzerhand abrasiert. Ich sah grausam aus und bedeckte meine Schmach mit einem Turban aus einem Schal gebunden. Jedoch es gab damals kein wirksames Mittel gegen das Ungeziefer. Mit einer ehemaligen Schulfreundin, der G. einem schmächtigen Mädchen mit knochigen Händen und großer Brille, hatte ich bis 1945 noch Kontakt. Wir besuchten uns gegenseitig. Sie wohnte mit Mutter und zwei Schwestern in der

Nähe. Auch aus ihrer Wohnung wurden wir mehrmals zur Arbeit von Polen heraus beordert. Da ich in unserer Wohnung in einem Durchgangszimmer eine Schlafstelle hatte, verweilte ich öfter bei ihr. Bis wir uns verkrachten. Es ging um unsere Mütter, die damals denselben Kerl, einem Polen huldigten. Aus, vorbei. Ich fühlte mich in jener Zeit ziemlich allein gelassen und überflüssig. Wo gehörte ich hin? Alles ging drunter und drüber. In dieser Situation lernte ich mit 16 Jahren einen jungen 18-jährigen Mann kennen, an dem ich hängen bleiben sollte.

Ich besuchte ihn oft in seiner Wohnung, die er sich mit seinem älteren Bruder teilte. Zu Hause fühlte ich mich kaum beachtet, alle waren mit sich selber beschäftigt. Also richtete ich mein ganzes Augenmerk sowie Gefühle auf diese Freundschaft. Bei den Brüdern wurde oft Schnaps getrunken, aber ich dachte mir nichts dabei. Wie sollte ich auch, ich war mit solchen Dingen bei mir zu Hause nicht in Berührung gekommen. Irgendwann fand ich dann auch eine neue Freundin, die in einer großen Familie aufwuchs und lebte. Sie war groß, kräftig, schwarzhaarig mit großen Augen und langen geschwungenen Wimpern. An diese klammerte ich mich ebenfalls. Dass sie unaufrichtig war, wusste ich damals noch nicht. Es war mir auch noch nicht ganz bewusst, als ich sie Schnaps trinkend und mit meinem K. schmusend in seiner Wohnung antraf. Sie konnte sehr gut Männer bezirzen, wie ich später feststellte, indem sie schmachtende Blicke im Tanzsaal oder sonst wo um sich warf und mit ihren Augen herumklimperte. Auch ich lernte nach und nach einige nette andere Jungs kennen. Einmal sogar einen feschen, polnischen Offizier, der mich ins Kino ausführte. Zu diesem Zweck hatte ich mir eine dunkle, pelzverbrämte Jacke von meiner Mutter ausgeliehen. Jedoch wollte ich damals keinen längeren Kontakt, weder mit diesem, noch mit anderen jungen Männern. Meine Haare waren inzwischen erneut zu langer, dichter Pracht herangewachsen. Auch sonst konnte ich mich sehen lassen, hatte schnell Anschluss beim männlichen Geschlecht.

Trotz allem ging ich immer wieder zum K. oder traf mich mit ihm. Er war kaum größer als ich, sehr ruhig und arbeitsam und bei der Eisenbahn beschäftigt. Außerdem gab es fast gar nichts, was er nicht reparieren konnte, vor allem was Elektrogeräte betraf. Sein Bruder hatte eine ältere Freundin, die ihn oft besuchte. So ging es bei ihnen oft hoch her, es wurde stets getrunken und geraucht. Das alles missfiel mir auch ziemlich, dennoch blieb ich dort, wie von einer magischen Kraft angezogen. Bei mir zu Hause hatte ich in jener Zeit auch keine freie Ecke zu meiner Verfügung, außer in einem Durchgangszimmer, in welchem sich auch meine Schlafstelle befand. Kurz über lang wurde ich mit knapp 17 Jahren schwanger. Es war ein großer Schreck, was nun, was sollte ich tun. Ich kannte niemanden, dem ich mich anvertrauen konnte. Also ging ich wohl oder übel zu meiner Mutter. Ich war sehr kleinlaut, wurde aber sogleich abgewiesen mit dem Vermerk: „Sieh zu, wie du das wieder in Ordnung bringst", so in etwa „mich lass damit in Ruhe". Danach beriet ich mich mit K. was weiter werden sollte. An Austragen dachte ich keinen Augenblick, sollte ja alles in Ordnung bringen! Die ältere Freundin des Bruders von K. hatte eine Schwester, die Hebamme war und in D.-Langfuhr wohnte. Also wurde beschlossen, dass sie das in ihrer Wohnung erledigt. So geschah es. Nachdem ich auf einem Tisch angeschnallt war, wurde der Eingriff ohne jegliche Betäubung begonnen. Ich erlitt unsagbare Scherzen jeder Art, musste jedoch noch denselben Abend allein nach Hause fahren. Danach blutete ich schrecklich und legte mich ins Bett. Am nächsten Tag hielt die starke Blutung weiter an, also ging ich zu meinem Freund, als der von seinem Dienst zurückkehrte. Dort lag ich dann weiter im Bett. Irgendwas stimmte nicht, darum musste ich noch mal zur Ausschabung. Gott sei Dank beherrschte diese Frau ihr Handwerk gut. Mit der Zeit ging es mir wieder besser. Eine schreckliche Erinnerung.

Inzwischen war ich bald achtzehn Jahre alt, also war es an der Zeit mir irgendeine Beschäftigung zu suchen. Die Freundin meines Opas hatte eine Stelle für mich ausfindig gemacht, wo ich als Friseurlehrling anfangen konnte. Dieses jedoch wusste meine Mutter zu verhindern. Warum weiß ich nicht. Da ich keinen Beruf erlernt hatte, bewarb ich mich in einem Waisenhaus, in welchem meine damalige Freundin R. in einer Großwaschküche beschäftigt war. Dort war es stets nass und alles voller Dampf. Jedoch wurde ich sobald in die dazugehörige Gärtnerei geschickt, um dort auf den Feldern zu arbeiten. Da alles ziemlich hoch auf Hügeln lag, zog es dort erbärmlich, sodass ich oft recht fror. Eines Tages bekam ich eine Blasenentzündung und konnte nur mit größter Mühe meine Arbeit verrichten. Ich hatte große Probleme und Schmerzen. Konnte mich jedoch nicht richtig auskurieren und weiß nicht mehr, ob ich überhaupt damit im Bett liegen durfte. Alles war damals sehr kompliziert. Die Blasenentzündungen sollten später chronisch bei mir auftreten, über viele Jahre. Es veränderte sich weiterhin nichts, unsere Wohnverhältnisse blieben sehr beschränkt und eingeengt. Wieder wanderte ich zwischen der großen Molde Nr. 83 und 48 hin und her. Bis sich wieder eine Schwangerschaft ankündigte. Diesmal wurde beschlossen, dass wir heiraten. Mein zukünftiger Ehemann war knapp 21 Jahre, ich 19 Jahre alt. Wir hatten auch keine Wohnung, was sich schlecht auf mein zukünftiges Eheleben auswirken sollte. Trotz allem wurde geheiratet, im Februar 1950 fand zuerst die standesamtliche Trauung statt. Meine Schwiegermutter hatte sich sehr darum bemüht, dass wir heirateten. Dieses alles ließ ich damals geschehen, sogar dass sich die Freundin meines Großvaters in unser Auto zur Kirche setzte. Mein Mann kam aus einer kinderreichen Familie somit wurden alle eingeladen. Er war der Jüngste, alle seine Geschwister waren schon verheiratet. So kam eine ziemlich große Zahl an Gästen zusammen. Dieses war bei der kirchlichen Trauung im April 1950. Das größte Zimmer bei uns wurde umgeräumt, um Platz für die zahlreichen Gäste zu schaffen. Eine Bekannte kam am Hochzeitstag früh und verpasste mir eine unmögliche Frisur. Ein Turm aus Haaren prangte auf meinem Kopf mit Schleier. Wieder ließ ich alles mit mir machen, hatte einfach nicht gelernt, mich zu behaupten, eine eigene Meinung zu haben oder mal aufzutrumpfen. Währenddessen kuschte ich nur wie eine verängstigte Katze. Alles verlief automatisch. Meine Mutter tat was sie konnte, um alles möglichst gut zu gestalten. Ich besaß nichts außer einem Trauring am Finger und ein komisches Brautkleid, welches auch über meinen Kopf hingenäht war, aus Tüll mit langem Schleier, welcher von irgendeinem Kind getragen wurde. Einiges wurde mir aber erst in der Kirche bewusst. Alles rollte sozusagen über mich hinweg wie eine Riesenwalze. Ehe ich recht wusste, wie mir geschah, war ich verheiratet. Wohl oder übel musste ich mich auf mein künftiges Eheleben einstellen.

Die Ehe als Ausweg?

Ab Frühjahr 1950 war ich nun mit 19 Jahren verheiratet und schwanger. Unsere Wohnverhältnisse waren alles andere als rosig. Da in unserer 3-Zimmer-Wohnung mehrere Personen wohnten, blieb für uns beide nur ein Durchgangszimmer zur Küche übrig. Dieses wurde auch provisorisch abgegrenzt, was nicht viel brachte, nur den Platz begrenzte. Mein Mann fand das auch nicht lustig und verbrachte seine Zeit nach der Arbeit lieber mit seinem Bruder Anton. Der hatte inzwischen seine ältere Freundin geheiratet. Beide waren bei der Eisenbahn als Mechaniker beschäftigt. So fühlte ich mich ziemlich alleingelassen. Nach einem Waschtag kam ich mit starken Schmerzen ins Krankenhaus. Dort brüllte ich lautstark, weil ich einen Wahnsinnsdruck im Leib hatte. Die Lage wurde schwierig 5 ½ Monat der Schwangerschaft. Letztendlich gab es eine Explosion ohne Knall und mein Bauch hatte sich mit einem Ruck seiner Last entledigt. Schmerzen aus, Kind weg, aber Erleichterung auf jeden Fall. Allein kam ich schnell wieder „nach Hause". Sobald als möglich ging ich meiner Beschäftigung in Danzig-Ohra im Waisenhaus wieder nach. Leider habe ich mir damals, bei der vielen Arbeit im Freien bei Regen und Kälte, eine chronische Blasenentzündung zugezogen. Diese wiederholte sich in späteren Jahren regelmäßig. Irgendwann wurde meinem Mann eine Dienstwohnung angeboten. Auf diese verzichteten wir damals jedoch, um meine Mutter, die auch mit uns wohnte, nicht allein zu lassen. Das hätte sie mir sehr übel genommen. Sie war sehr dominant. Im Jahre 1952 wurde ich erneut schwanger. Damals war ich in einem Betrieb beschäftigt, der sich mit Fleisch- und Fischverarbeitung befasste. Dort arbeitete ich bis einen Tag vor der Geburt meiner Tochter, zuletzt sitzend und Rollmöpse drehend. Mein Mann und ich hatten vor kurzen gerade eine ausgebaute Dachgeschosswohnung bezogen. Hier befand sich nur das Allernötigste an Möbeln und Zubehör. Ein Kinderbettchen wurde noch angeschafft. Plötzlich, zwei Wochen zu früh und ziemlich unerwartet, kündigte sich die Geburt meines Kindes an. Zum Glück war ich an diesem Tage nicht mehr zur Arbeit gegangen. Alles musste nun am frühen Nachmittag des 4. Februar 1953 sehr schnell gehen. Da der Krankenwagen auf sich warten ließ, wurde in aller Eile ein Taxi gerufen. Der Fahrer schaute sich alle Augenblicke besorgt um, mit dem Befürchten, es könnte im Wagen losgehen. Wir schafften es knapp ins Spital, schnell, schnell zur Toilette und wieder zurück. Da ging es schon los. Vorher hatte sich an meinem Bett eine Gruppe von Studenten versammelt, was mir außerordentlich peinlich war. Die Geburt verlief dann aber ziemlich rasch und unkompliziert. Meine kleine, schwarzhaarige und gelbsüchtige Tochter war da. Die von allen bestaunt, Nionka genannt und herumgezeigt wurde. Die Kleine war unserer aller Freude. Der Uropi liebte sie, die Eltern und besonders die Oma. Da Mam's zweiter Ehemann vor kurzem verstorben war, wollte sie als Ersatz oder was auch immer, die kleine N. nachts bei sich behalten. Gutmütig und unerfahren wie ich damals war, sage ich zu allem Ja und Amen. Dieses erwies sich jedoch im Nachhinein als

Fehler, weil meine Mutter auch später jede freie Minute mit der Kleinen verbringen wollte. So fühlte ich mich mit der Zeit ziemlich aus meiner Mutterrolle gedrängt, hatte aber nicht die Kraft und Macht mich dagegen zu wehren. Da ich bis zum siebten Lebensjahr meiner Tochter nicht berufstätig war, konnte ich wenigstens tagsüber mit meiner Kleinen verbringen. Im Sommer fuhren wir ans nahe Meer oder spielten im Garten. Inzwischen hatte ich mir einen süßen Colliewelpen gekauft. Nach einem halben Jahr begann ich unsere „Dina" zu „drillen!", ihr einiges auf Kommando beizubringen. Sie lernte schnell und gut, war sanft und brav. An manchen Wochenenden oder zu besonderen Anlässen fuhren mein Mann und ich nach P. zu den Schwiegereltern. Da er aus einer großen Familie stammte, ging es dort ungewöhnlich hoch her. Sämtliche Geschwister mit Ehefrauen bzw. Ehemännern reisten ebenfalls mit. So waren wir eine stattliche Anzahl von Personen, die in den Räumen kaum alle Platz fanden. Wir wurden jedoch jedes Mal alle gut bewirtet. Natürlich gab es auch Wodka für alle Gäste. Mein Schwiegervater betrieb damals eine kleine Schmiedewerkstatt vor Ort. Es gab auch Einladungen zu der restlichen Familie meines Mannes, er hatte noch acht Geschwister. Alle wohnten in oder im Umkreis von Danzig. Im Januar 1961 besuchte ich einen halbjährlichen Kursus des Polnischen Roten Kreuzes. Das Ziel dieser Ausbildung war, später hilfsbedürftige Personen zu betreuen. Wir lernen dort erste Hilfe anzuwenden und vieles andere aus dem Bereich der Betreuung. Es gab Theoriestunden, danach gingen wir zur Praxis in Krankenhäuser. Zu unserer Tätigkeit gehörte das Verabreichen von Spritzen sowie tägliche Pflege bettlägriger Kranker. In dieser Zeit lernte ich eben in diesem Kursus die Danka P. kennen. Sie war in meinem Alter, geschieden, hatte einen Sohn und war somit alleinstehend. Ihre Wohnung befand sich damals in Schidlitz, wo auch ich wohnte. Daniela mochte und konnte gut verhandeln, ging deshalb auch gern auf Flohmärkte und andere Märkte, um neue und gebrauchte Sachen zu verkaufen. Sie fertigte ganz wunderbare Handarbeiten, insbesondere Strickereien. Einige Sachen davon, Geschenke von ihr, habe ich noch bis heute.

Im Jahre 1982, die Zeit meiner Ausreise, schon als Witwe, trafen wir uns zuletzt in D., später besuchte sie mich in M., ich wiederum ging zu ihr, wenn ich in Danzig war. Bevor ich nach M. zog, half sie mir beim Verkauf meiner Möbel und anderer Sachen. Sie konnte sehr energisch und resolut mit meinem damaligen Freund W. umgehen, sich durchsetzen, was mir wiederum immer schwer fiel. Das letzte Mal sahen wir uns bei ihr zu Hause, am Przymorze, im Jahr 2005. Später, Ende des Jahres versuchte ich sie zu erreichen, aber ohne Erfolg. Meine Weihnachtspost kam nach Wochen vom D. zurück mit dem Vermerk „Adressat unbekannt". Ich weiß nicht, was mit ihr passiert ist, da ich ja weit vom Geschehen wohnte, über 1000 km trennten uns. Ja, das Alter.

Ab 1971 war ich in einer Marmeladenfabrik beschäftigt. Ich hatte die Buchhaltung sämtlicher Materialien und Waren zu führen. Wir saßen vier Frauen in einem Büroraum, nebenan befand sich der Hauptbuchhalter. Dieser war ein ruhiger, ausgeglichener Mann, der nie herumschrie oder laut wurde. In unserem Raum herrschte ein gutes Betriebsklima, es wurde viel gelacht und herumgealbert. Besonders die Ilsa war sehr witzig und lachte gern. Sie nahm auch oft andere auf die Schippe, aber immer auf die lustige Art. Hier lerne ich auch die Lucyna kennen, sie arbeitete in derselben Firma. Zu meinen Aufgaben gehörte einmal im Monat meine Karteikarten mit den Lagerbeständen zu vergleichen. Dieses fand immer im jeweiligen Lager statt und zog sich ein paar Tage hin. Eine einfache Rechenmaschine war meine Hilfe bei dieser sehr akkuraten Arbeit. Jeder Pfennig und Groschen musste ja gesucht und gefunden werden, oft ein mühseliges Unterfangen. Da mein Gehalt nicht sehr hoch war, wechselte ich nach drei Jahren in eine andere Firma. Hier herrschte eine Cliquenwirtschaft, ich fühlte mich dort gar nicht wohl und blieb nur ein Jahr. In der Zeit beschloss ich, mein Abitur nachzuholen, nachdem ich eine Weile nur Hausfrau gewesen war. In der Zeit war ich bei einer Baugesellschaft engagiert, für einfache Tätigkeiten sowie Kaffeekochen, aufräumen, Erledigungen tätigen. Danach ab 16 Uhr ging es nach einer kleinen Mittagspause sofort weiter in ein Abendlyzeum. Das dauerte 4 Jahre. Es wurde ein ewiger Stress, Arbeit, nach Hause zum Essen, kaum den Mund abgewischt schon wieder auf der Straße unterwegs mit Heften und Büchern. Vier Stunden abends Unterricht. Zum Lernen blieb da wenig Zeit, so musste ich am Wochenende pauken. Auch in der Arbeit konnte man schon mal ins Heft schauen, der Baumeister nahm es nicht so genau. In meiner Klasse xy hatte ich mit zwei anderen Frauen und einem Klassenkameraden eine Lerngemeinschaft gegründet. Er wusste immer viel mehr als wir drei und erklärt uns vieles geduldig. Besonders die Mathematik war schwierig und oft unverständlich. Wir vier lernten an den Wochenenden zusammen, abwechselnd beim W.

zu Hause, bei mir im Sommer im Garten, bei der Karla oder der Margit. Zum Glück wohnten wir alle ziemlich zentral, so dass alles gut klappte. Trotz allem war es eine arge Plackerei und manchmal war ich drauf und dran alles hinzuwerfen. Dieses wurde mir dann aber wieder ausgeredet von den anderen. Die Hoffnung und Zuversicht auf ein positives Endergebnis verlieh uns Kraft. Es kamen auch Zweifel. Wir hielten jedoch alle durch und wurden mit unserer Abschlussurkunde belohnt. Meine Mathematiklehrerin, die uns „den Harem" nannte, mochte mich nicht sonderlich. Umso froher war ich, als meine mündliche Prüfung an der Tafel gut ausfiel. Der guten Frau blieb beinahe der Mund offenstehen. So eine Leistung hätte sie mir nie zugetraut. Umso mehr konnte ich triumphieren.

Anhang: Es war eine große Genugtuung für mich, eine Freude, eine Belohnung fürs Durchhalten und alle Mühe der 4 Jahre. Wir vier fielen uns lachend in die Arme, wir hatten es geschafft.

Eine Abschiedsfeier bis spät in die Nacht beendete diesen Abschnitt. –

Irgendwann hatte mich das Rote Kreuz zur Betreuung von bettlägerigen Personen angestellt. So bekam ich drei Patienten zugeteilt, welche ich täglich, außer Sonntag, betreute. Die erste, eine fast immer heitere, korpulente Frau, war wohl querschnittgelähmt und lebte allein. Sie befand sich die ganze Zeit in ihrem Spezialbett, welches oben einen Griff hatte zum Zupacken und Bewegen. Meine Hilfe bestand in Aufräumen, Besorgungen machen, Bettpfanne leeren und eventuell etwas zum Essen herrichten. Auch ein wenig Unterhaltung mit der Frau war drin. Dann musste ich zur nächsten eilen, nach D. Langfuhr. Hier lebte ein behindertes Mädchen mit ihrer Mutter. Diese war berufstätig und Witwe. So überließ sie mir jeden Vormittag dankbar ihre Tochter, welche auch nicht sprechen konnte. Sie erwartete mich jedes Mal ungeduldig, redete mit den Augen, war auch bettlägerig. Ihre Mutter hinterließ mir täglich einen Imbiss und auf meine Frage, wer zuerst essen sollte, bekam ich jedes Mal ein Zeichen von dem Mädchen, das hieß, ich zuerst. Also bereitete ich mir einen Kaffee und ließ es mir schmecken. Danach fütterte ich sie. Es war ein ganz liebes und dankbares Fräulein, welches mir alle Fragen zu beantworten versuchte. Es war rührend. Ich versuchte ihr Bett zu richten und sie auf den Topf zu hieven. Die ganze schwere Arbeit verblieb ja doch bei der Mutter, welche sehr tapfer war. Wir kannten uns persönlich, sie war sehr nett und auch zufrieden. Überall wurde ich Frau Ewa genannt. Die dritte Dame lebte mit ihrer Haushälterin am anderen Ende von Langfuhr in einer großen düsteren Wohnung. Zu meinen Aufgaben gehörte das tägliche Waschen und Massieren der alten, wohlbeleibten Dame. Sie mochte viel schwatzen. Ihr Sohn kümmerte sich auch um die Beiden. Außerdem hatte ich privat eine Zeitlang einen Herren zu betreuen. Dieser war gut zu Fuß, litt aber an Alzheimer, er wusste nichts mehr und erkannte niemanden. Seine Frau pflegte ihn zu Hause. Ich hingegen ging mit ihm spazieren. Dabei musste ich sehr aufpassen, dass er mir nicht ausbüxte, er konnte schnell gehen. Leider nässte er seine Hose ein, manchmal auch unterwegs. Er war früher Hauptbuchhalter und wurde später dement. Warum auch immer, er tat mir Leid.

Grenzdorf

Es gab einmal ein Dorf, vielmehr eine Insel mit dem Namen Grenzdorf. Dieser Ort ist unauslöschbar mit meiner Kindheit verbunden. Man konnte ihn nur auf dem Wasserwege erreichen. So kursierten zwischen Danzig und Grenzdorf an der Weichsel regelmäßig Dampfer. Einer von Ihnen die „Oberon" brachte mich des Öfteren dorthin. Für die Dorfkinder war die Ankunft eines Dampfers, das Anlegen, der Wurf der schweren Taue und das Empfangen der Besucher immer ein besonderes Erlebnis. Meine Großtante stand auch meistens am Kai um uns zu begrüßen, mich und meine Mutter. Sie war eine ziemlich korpulente, große Frau mit grauen glatt gekämmten Haaren hinten zu einem Dutt gerollt, mit einem breiten Lächeln im Gesicht. Der Onkel Hermann dagegen war eher schmächtig und kleiner als sie mit einer braunen wettergegerbten Haut. Beide waren damals ca. 50 Jahre alt. Ihr Stroh (Reet) gedecktes Häuschen schmückte davor ein buntes Blumengärtchen. An dem ging man seitlich vorbei zu der zweiteiligen hölzernen Eingangstür. Sie hatte außen eine eiserne Klinke, auf die man mit dem Daumen drückte und sogleich sprang der riegelartige Verschluss auf. Schlüssel zum Zuschließen brauchte man keine. Weiter hinten am Haus befand sich eine große Jauchengrube, sprich Komposthaufen. Weiter rechts dehnte sich ein großer Obstgarten mit Wiese aus. Auch Gemüsebeete gab es natürlich.

Wie alle Häuser dort lag auch dieses nah am Wasser, der Weichsel. Zwischen dieser und den einzelnen Häusern befand sich ein hoher Weg, der sogenannte Damm, rund um die Insel führte er. Tief unten am Wasser wuchsen uralte Weiden und Erlen, schaukelten Ruderboote (Lommen) und Fischerkähne (Sicken) meines Onkels an einem Steg befestigt. Am Morgen sehr früh segelte der Onkel hinaus aufs frische Haff, um die ausgelegten Fischernetze einzuholen. Ab und zu begleitetet von seiner jüngsten Tochter, einem hageren, dunkel bezopften Mädchen und mir. Mittags bei unserer Rückkehr, sahen wir schon von weitem drei Katzen wartend am Steg hocken. Sie wussten um ihren Anteil, der für sie abfiel. Meist waren es Schleie und Aale, die dort gefangen wurden. Die großen von ihnen wurden verkauft, von den kleinen dünnen Aalen kochte die Tante eine schmackhafte Suppe. Außerdem buk sie den besten Apfelkuchen, den ich je aß. Damals gab es dort noch die blonde Käthe mit gewelltem Haar und roten Backen, eine Haushaltshilfe aus dem Arbeitsdienst. Eine recht freundliche Person. Lebhaft in Erinnerung sind mir noch die Gewitter, die oft nachts herunter krachten. Beim ersten starken Knall fuhren wir alle aus den Betten hoch, zogen uns notdürftig an, nahmen unser Handgepäck, das eigens dafür vorbereitet war und drückten uns verängstigt in der Diele zusammen. Ein Blitz im Dachboden hätte nämlich schnell ein Feuer entfacht.

Dann wollte ich Radfahren lernen, was auf dem Damm stattfand. Man gab mir ein Damen-Fahrrad, hielt es hinten etwas fest und ich fuhr mit wackelnder Lenkstange los. Plötzlich merkte ich, dass mich niemand mehr hielt. Da hatte ich die Wahl weiterzuradeln oder evtl. einen

Sturz links in den Stacheldraht des Weidengrundes oder recht steil hinunter zur Weichsel, zu riskieren. Ich zog das erste vor und radelte allein. So lernte ich dort relativ schnell radeln. Genauso war es beim Schwimmenlernen in der Weichsel vom Steg aus. Das Wasser war gleich am Rande bis zum Bauch, wurde dann schnell ganz tief. Hier jedoch lernten wir mit der M. Schwimmen. Wir spornten uns gegenseitig an und es ging, irgendwann konnten wir es. Wir quiekten, kreischten und prusteten dabei ganz fürchterlich. Eines Tages jedoch hatte jeglicher Spaß ein Ende. Als ich mich ansah, bemerkte ich Pickel oder Geschwüre am ganzen Körper. Wie man später feststellte, waren es Windpocken. Die fehlten mir noch gerade in meiner Krankheitssammlung, hatte ich doch schon sämtliche Kinderkrankheiten erdulden müssen zu Hause in Danzig, wo tagsüber niemand da war, der sich um mich kümmerte. Hier wurde ich ins Bett gepackt und musste da bei voller Verdunklung verharren. Gar nicht sehr lustig oder gar angenehm. Nur soviel, dass ich nicht allein auf mich angewiesen war. Es dauerte ziemlich lange bis ich wieder auf dem Damm war. Einige Narben von damals sind mir bis heute geblieben.

In dem Dorf befanden sich auch, da es ja Krieg war, viele Kriegsgefangene, die auf den verschiedenen Höfen arbeiten mussten. Am Abend hörten wir oft in der Ferne ihre wehmütigen Gesänge, es war meist russisch. Einmal begegnete mir ein Engländer und wir unterhielten uns in seiner Sprache ein wenig. Ich erzählte ihm, dass ich meine Englischkenntnisse in Danzig in der Schule erworben hätte. Bei Nachbarn probierten wir auch das Küssen mit der Magd und Jungen aus (siehe Geschichte „Der erste Kuss"). Auch mein weniger schönes Erlebnis in einer Lomm Boot in der ich um ein Haar ertrunken wäre, habe ich in einer Geschichte niedergeschrieben (siehe: Gefährliche Erlebnisse).

So etwa im Jahre 1944 wurde meine Viktoriaschule in Danzig evakuiert. Somit wurde ich nach Grenzdorf in die dortige Dorfschule geschickt, musste bei Tante und Onkel bleiben. Trotz meiner Proteste und großer Sehnsucht nach Hause, es half alles nichts. Erst zu Weihnachten 1944 durfte ich dann endlich nach Hause fahren und brauchte danach nicht wieder dorthin zurückkehren. Somit trennten sich unsere Wege mit den Grenzdorfern, da sie im Winter 1945 in den Westen flüchteten. Wäre ich in jener Zeit noch da gewesen, hätte ich wohl mit ihnen ausreisen müssen. So aber saß ich in Danzig fest und erlebte im März 1945 den Einmarsch der Russen mit allen seinen Schrecken.

Danzig Winter 1944–45

Das Inferno

Meine alleinerziehende Mutter wohnte damals mit mir, einer 13-jährigen und meinem Opa etwas außerhalb der Stadt in einem 4 Familienhaus in der Großen Melde Nr. 106. Man konnte ja kaum noch von „wohnen" reden, da wir seit Wochen im Keller in der Waschküche hausten. Oft gab es Fliegeralarm, die schaurigen Sirenen heulten unerbittlich. Seitlich im Garten bei unserem Haus war deutsche Kavallerie stationiert. Gezielt flogen die Tiefflieger dieses Objekt öfters an. Als ich einmal gerade vor der Haustür stand, um frische Luft zu schnappen, raste plötzlich ein Flugzeug auf mich zu. Ich sah noch den Mann im Cockpit feuern, bevor ich mich mit einem Satz hinter die Türe rettete.

Irgendwann war das Militär wieder fort. Stattdessen sahen wir deutsche Soldaten in großer Hast und Eile die Straße entlanglaufen. Sie suchten verwirrt, hungrig, unbewaffnet und hilflos unsere Keller auf, brauchten Zivilkleidung. Sie hatten große Angst vor den nahenden Russen. In den Luftschutzbunkern der Innenstadt war es sehr schlimm. Dort haben sich Tragödien abgespielt mit Wasserrohrbrüchen, Bränden, Plünderungen und Typhus. Es wurden Gräuelgeschichten darüber verbreitet. In unserem Kohlenkeller hatten wir irgendwann einen

Sack mit Zucker und einen Sack Mehl versteckt. Dieser große Schatz stammte von einer Bekannten. Sie besaß früher ein Kolonialwarengeschäft in der Schichaugasse, kampierte nun bei uns in der Vorstadt. Das Mehl wurde grau, die Suppe daraus auch. Bis wann das alles reichte, weiß ich nicht mehr. Ich erinnere mich, dass ich meinen 14. Geburtstag im März 1945 mit ziemlichem Hungergefühl im Magen verbrachte.

Jedoch die grausamste Zeit begann mit dem Einzug der Russen in unsere Straße. Es war Ende März 1945, als der erste Trupp unsere Keller erreichte. Wir alle waren damals müde, unterernährt, verschreckt und mutlos.

Was kam jetzt noch auf uns zu? Jedoch diese erste Vorhut der russischen Soldaten benahm sich uns gegenüber wie normale, zivilisierte Menschen, ohne jede Gewalt. Sie warnten uns, nur vor jenen, die ihnen folgten. Als sie wieder fort waren, beschmierten wir unsere Gesichter mit Ruß aus dem großen Kamin. Meine Mutter versteckte dort ihre Wertsachen, alles versank im Ruß. Ich wurde auf meinem Lager total mit Decken zugedeckt. Danach brach das Chaos herein.

Noch heute, nach so vielen Jahren, fällt es mir schwer darüber zu berichten, ich bekomme Herzklopfen dabei.

Nach diesem traumatischen Erlebnis traute ich mich lange nicht hinaus auf die Straße. Zu groß war der Schock. Als ich mich eines Tages doch herauswagte, dachte ich an Weltuntergang. Draußen gab es die totale Verwüstung, umgerissene Telegrafenmaste, grölende Grammophone, Unrat und Kadaver (Menschen oder Tiere?) prägten das Bild.

Um etwas Essbares für uns zu beschaffen, ging mein Opa auf Streifzüge in die Stadt. Er brachte mal Öl aus der zerbombten Ölfabrik, mal einen Brocken Pferdefleisch. Es gab auch einige Brotkanten. Für dieses las er den russischen Soldatinnen aus der Hand. Ohne ihn wären wir wohl verhungert oder an Typhus erkrankt.

Danzig 1945

Obdachlos

Nach wochenlangem, pausenlosem Aufenthalt im Keller kehrten wir ungefähr Ende April in unsere Wohnung im Parterre zurück. Doch die Freude währte nicht lange. Kurz darauf wurden wir von dort vertrieben, einfach auf die Straße gejagt. Das ganze Haus wurde von Russen beschlagnahmt. So zogen wir, mein Großvater, meine Mutter und ich zusammen mit einigen Nachbarn obdachlos auf die Hügel in unserer Umgebung, immer weiter in Richtung Langfuhr.

Als es langsam dunkel wurde, irrten wir immer noch ohne Ziel und Dach über dem Kopf umher. Irgendwo unterwegs stießen wir auf Russen, welche in einer Schlucht Leute zusammenstellten, wahrscheinlich zu einem Transport nach Sibirien. Sie brauchten gesunde junge Männer und Frauen. Wir alle waren ja flüchtendes Freiwild. Plötzlich erblickten sie meine Mutter, zogen sie von uns fort. Sie musste sich ganz hinten in der aufgestellten Truppe einreihen. Ich bekam einen neuen Schreck. Da die Mama jedoch so herzzerreißend weinte und lautstark lamentierte, hatte ein russischer Soldat Erbarmen. Er winkte sie von ihrem Platz fort: Dawai, dawai! Schnell rannte sie zurück in unsere Richtung. So entging sie wohl einem unbekannten und schlimmen Schicksal.

Spät in der Nacht fanden wir Unterkunft bei irgendwelchen Leuten in Danzig-Langfuhr. Wir blieben in der kleinen Wohnung 7 bis 10 Tage und Nächte. Doch auch hier rannen die Russen weiterhin durch die Wohnungen, auf der Suche nach Frauen. Angst und Grauen begannen von Neuem.

Einige russische Soldaten nahmen meine Mutter erneut fest. Sie musste mit ihnen gehen und wurde bis nach Stutthof (Danziger Werder) verschleppt. Sie kam dort in ein Lager, wo unter anderem viele Typhus-Kranke auf dem Fußboden lagen.

Mein Opa bekam Wind von der Sache und gab keine Ruhe bis er von einem russischen Offizier erfuhr, wohin meine Mutter gebracht worden war. Sofort machte er sich zu Fuß auf den Weg. Er lief die ganze Nacht und stand im Morgengrauen vor dem Lager. Nach längerem Verhandeln auf der Kommandantur rettete er diesmal meine Mutter aus den Klauen der Wölfe.

Beide kamen wieder zu Fuß zurück, fanden mich auf. Was hätte ich sonst nur getan allein unter den fremden Leuten? Schließlich machten wir uns wieder auf den Weg zu unserer Wohnung in der Großen-Molde Nr. 196. Die Russen hatten ihr Quartier, wohl ziemlich überstürzt, verlassen, alles schien leer. Wie sehr waren wir da erstaunt, ein Lebewesen vorzufinden. Als Vermächtnis verblieb uns ein riesiges, weißes Kaninchen, mitsamt seinem frischen Wurf unter der Wohnzimmercouch. Im Bad tummelte sich ein Huhn. Das hieß Proviant für uns, welcher uns natürlich sehr willkommen war. Ansonsten war die Wohnung ziemlich demoliert. Das Klavier zum Beispiel lag im Garten unter dem Fenster.

Inzwischen hatten wir uns Läuse aufgegabelt, wohl auch ein Andenken an die Russen. Eine neue unbekannte Plage kam auf mich zu. Meine dicken Zöpfe fielen ihr zum Opfer. Der Kopf wurde kurzerhand einfach abgeschoren, so stand ich kahl und traurig da. Es sah grausam aus, ich fühlte mich total verunstaltet. Meine Schmach verdeckte ich mit einem Turban, aus einem Schal gebunden. Damit lief ich tagsüber herum. Es gab damals eben keine wirksamen Mittel gegen das Ungeziefer.

Nach einiger Zeit wurden wir zum zweiten Mal aus unserem Haus vertrieben, diesmal ohne Rückkehr. Die Polen waren inzwischen zahlreich in der Stadt angesiedelt. Da unsere Wohnung in ziemlich guten Zustand war, wurde sie eines Tages für das Rote Kreuz bestimmt. Wir mussten raus, nicht mal die Lampen durften wir mitnehmen. Man wies uns eine ähnliche Behausung quer gegenüber in Haus-Nr. 83 zu. Von der Straßenseite prangte statt des Fensters ein riesiges Loch in der Wand, da hatte eine Granate ihre Spuren hinterlassen. Wohl oder übel gaben wir uns zufrieden, nagelten die Lücke mit Brettern zu. So hausten wir ziemlich lange.

Es kam auch des Öfteren vor, dass ich als 14-jähriges Mädchen von der Straße weg von irgendeinem Polen mitgenommen wurde. Ich musste zwangsweise Gartenarbeit verrichten oder bei irgendwelchen Menschen saubermachen. So nutzten sie die verbliebenen Deutschen für ihre Zwecke aus.

Meine Mutter räumte indessen mit anderen Frauen Trümmer in der Innenstadt fort. Mein Großvater besann sich seines erlernten Handwerks, nämlich der Schuhmacherei. Da er noch Werkzeug besaß, begann er in dem Raum mit vernageltem Fenster für die Polen zu schustern. Mit der Zeit hatte er dann viele Kunden und verdiente dabei recht gut.

Eines Tages erfreute sich unsere kleine Familie eines frischen großen Brotes. Wir hatten es von geschenktem Mehl selber gebacken. Zum Auskühlen lag es auf einem Tisch. Irgendwann kam ein Mann in unsere Wohnung. Ich weiß nicht mehr warum. Als er wieder fort war, vermissten wir unser Brot, was wir sehr bedauerten.

Meine Freundinnen

GISELA

Im Alter von ungefähr 9 Jahren wurde ich ins Gymnasium, die Viktoriaschule in Danzig/Holzgasse umgeschult. Dort war wieder alles neu für mich. Außer vielen neuen Fächern gab es eine Menge neuer Klassenkameraden. Mit einer von ihnen hatte ich mich angefreundet. Zufällig wohnten wir beide in der großen Molde. Die Gisela Kanz wohnte in einem Teil der Straße, in der sich ein kleiner Platz mit Bäumen und einem Teich befand. Dort konnten wir im Winter oft Schlittschuh laufen. Auch Skier besaß ich damals. Neben den Wohnungen, wo die Gisela wohnte, konnte man auf Hänge steigen, um dann auf Skiern hinunterzugleiten, das machte uns viel Spaß. Unsere ganze Straße verlief bergan, so wurde auch viel gerodelt, von ganz oben weg, wo die Straße endete. Damals brachte jeder Winter genügend Schnee und Frost. Am schönsten war es im Dunkeln. Wir sausten mitten auf der glatten Straße mit viel Geschrei und Lachen hinunter.

Die G. hatte noch zwei Schwestern. Manchmal, wenn ich bei ihr war, lernten wir alle zusammen. G. trug eine Brille in einem kleinen Gesicht und hatte ziemlich knochige Hände, ihre Mutter schien sehr nervös.

Inzwischen war der Zweite Weltkrieg ausgebrochen. Irgendwann 1943/44 wurde unsere Schule geschlossen, alle Schüler evakuiert. Sie wurde als Lazarett für Kriegsverwundete gebraucht, ich musste deshalb zwangsläufig zu meiner Großtante Selma nach Grenzdorf an der Weichsel hin. Wo die G. verblieb, war mir nicht bekannt. Wir trafen uns jedoch nach Kriegsende in Danzig wieder, wo alles in Scherben lag. Unsere Wohnungen waren unbeschädigt geblieben.

Leider verguckten sich unsere Mütter in denselben Mann. Somit war der Bruch zwischen uns vorprogrammiert. Peng!!

INGE

Als ich ungefähr 7–8 Jahre alt war, wohnen wir in der Großen Molde in Danzig, einer Straße außerhalb der Stadt am Hang. Schräg gegenüber wohnte u. a. Eine Familie Dreher mit 2 Töchtern. Die ältere Inge war in meinem Alter, ihre Schwester hieß Astrid. Wir freundeten uns irgendwie an, die Inge und ich. Da ich zu der Zeit schon tagsüber allein zu Hause war, trafen wir uns öfters nach der Schule bei mir, draußen oder auch in dem Garten. Darüber freute ich mich, denn ich war recht einsam, ohne Geschwister nur mit unserer Katze. Wir verstanden uns gut, heckten viele Streiche gemeinsam aus, sie war immer mit von der Partie, mit ihr konnte man „Pferde stehlen". So zogen wir mal einen Nachbarsjungen aus im Garten unter Decken, um zu sehen, wie er aussieht. Wir waren gespannt auf alles Neue, Andersartige, besonders auf das von den Erwachsenen Verbotene. Wir entdeckten

Biologie und Geschlechter in einem Arztbuch bei mir zu Hause. Dann wieder zogen wir uns seidene Nylonstrümpfe an, die sich um unsere mageren Beine ringelten. Dazu Pumps, mit ganz hohen Hacken. So stolzierten wir vor unseren Haustüren auf und ab um Eindruck zu schinden. Es war schon eine verrückte, aber sorglose Zeit.

Dann kam der Krieg, wir verloren uns später aus den Augen. Sie ist wohl mit den Eltern frühzeitig fort aus Danzig vor Kriegsende. Später nach vielen Jahren nahmen wir noch mal brieflichen Kontakt auf. Inge schrieb mir aus Kanada, wo sie als verheiratete Frau lebte. Leider riss unser Kontakt abrupt ab, nachdem ich sie eines Tages bat, mir für zwei Personen Ausreisegenehmigungen zu besorgen. War wohl keine gute Idee von mir. Geblieben sind mir nur einige Fotos von ihr.

Irgendwann, schon im Jahre 2000 oder später kam ich auf die Idee bei meiner Tochter Sabina im Internet die Adresse der Inge Schröder zu erkunden. Nachdem sie sich auf eine Website eingeklinkt hatte, klappte es tatsächlich. Inge Schröder tauchte auf in einem anderen Teil von Kanada. Dann musste auch ich mich im Internet anmelden mit Code um Kontakt aufnehmen zu können. Auch dieses klappte und ich war ganz aufgeregt und gespannt auf alles weitere. Nach einer E-Mail an ihre Adresse hat sie tatsächlich geantwortet. Mir schien, sie hatte sich auch gefreut von mir zu hören. Nach und nach schrieben wir uns auch wieder Briefe. Dann schlief langsam aber sicher, aus welchen Gründen auch immer, der Kontakt wieder ein. Sie ist einfach nur schreibfaul, was auf die Dauer zu nichts führt. Das finde ich schade, aber ich kann es wohl nicht ändern, wenn monatelange kein Lebenszeichen mehr kam – Vom Winde verweht!

MAGDA

Wir schrieben das Jahr 1944. Meine Tante hatte noch ein Nesthäkchen, die M. In ihrem Elternhaus verbrachte ich damals viele Momente meines Lebens. Kann nicht behaupten, dass ich mich besonders freute, dort sein zu müssen. Nahm es halt so hin als etwas unabänderliches. Wir Mädchen besuchten zusammen die dortige Dorfschule, wohin wir täglich mit der Fähre über die Weichsel mussten. Es gab Grenzdorf A und B, wir lernten in Grenzdorf B. „Hol über Hol", so riefen wir den Fährmann am anderen Ufer zu. Dann setzte er sich langsam in Bewegung, um uns zu holen. In der Schule lernte ich nichts, was ich nicht schon wusste. Wohl aber lernte ich in jener Zeit, von schrecklichem Heimweh begleitet, das Radfahren. Auf dem großen Rad fuhr ich, mit der Lenkstange wackelnd, dahin. Man musste schon gut aufpassen, der Deich (Damm) war ein hoher Weg ums Dorf. Auf der einen Seite befand sich neben einem Steilhang die Weichsel, auf der anderen Seite ein langer Stacheldraht, welcher Weidegrund eingrenzte. Kein leichtes Unterfangen, aber ich lernte schnell.

Ein anderes Mal übten wir beide das Schwimmen im Weichselstrom. Wir stiegen von der Böschung vorsichtig ins Wasser, das uns sogleich bis zur Hüfte reichte. So tasteten wir uns vorwärts, paddelten etwas auf und ab. Plötzlich ging es ganz gut, konnte mich an der Oberfläche halten. Somit hatte ich die ersten Schwierigkeiten überwunden.

Meine Tante Selma war eine stattliche, große Frau mit glatt gekämmten, weißen Haaren. Sie buk einen köstlichen gedeckten Apfelkuchen. Genau so gut war ihre Aalsuppe mit frischen Kräutern. Hinter dem Haus befand sich ein ausgedehnter Garten mit uralten Apfelbäumen, auch eine große Jauchengrube war vorhanden. Dort überall tummelten wir uns. Die M. mochte die Katzen ärgern und festhalten, bis sie schreiend protestierten. So was war mir zuwider. Natürlich kannten wir auch alle gleichaltrigen Kinder im Dorf, besonders in der Nähe des reetgedeckten Hauses meiner Tante. In einem der Nachbarhäuser hatten wir auch unser erstes Kusserlebnis im verdunkelten Zimmer mit zwei Jungen.

Mein Onkel ruderte indessen mit seinem kleinen Boot (Sicken) auf's Frische Haff hinaus, um seine Netze einzuholen. In diesen verfingen sich Schleie, Barsche, Aale sowie so genannte Weißfische. Ab und zu durften wir beiden Mädchen mit ihm auf's weite offene Wasser.

Leider war ich in der Zeit dort viel krank. Die Trennung von meinem Elternhaus und vom geliebten Meer machten mir einiges zu schaffen. So bekam ich die Windpocken, Masern, Scharlach und ähnliches. Da musste ich des Öfteren im verdunkelten Zimmer liegen bleiben.

Zu Weihnachten 1944 durfte ich endlich nach Hause fahren. Danach setzte ich mich mit der vollen Unterstützung meines Opis durch, nicht mehr zurück zu müssen.

Der Krieg näherte sich schon seinem katastrophalen Ende zu. Die Magda ist mit ihren schon betagten Eltern im Frühjahr 1945 übers Meer nach Westen gezogen.

Grenzdorf gab es danach nicht mehr, die Gegend verwilderte. Als ich in den 80er-Jahren in der Bundesrepublik Deutschland wohnte, nahm ich einmal kurz brieflichen Kontakt mit der M. auf. Sie wohnte damals in Bielefeld/Braake, war dort verheiratet. Dieser flüchtige Kontakt verlief jedoch schnell im Sande. Vergessen!!

RITA

Im Jahre 1947, sechzehnjährig, wohnte ich immer noch in der „Molde", die dann auf ulica Skarpowa umbenannt war. Es hätten sich dort meist Polen-Familien angesiedelt. Man kam miteinander ins Gespräch.

Irgendwann lernte ich ein Mädchen, die Rita, kennen. Sie wohnte mit Familie und Geschwistern im sogenanntem D-Zug. Die so benannte Straße zog sich zugähnlich dahin. Sie war lang und etwas gewunden und lag ziemlich hoch. Man erreichte sie über eine Treppe von unserer Straße aus. Die R. traf ich oft, wir besuchten uns gegenseitig. Manchmal gingen wir zum Tanzen. Ihre Schwester Marianne war auch dabei. Sie hatten alle etwas zigeunerhaftes an sich, pechschwarze Haare, große blaue Augen mit geschwungenen, langen Wimpern. Wir alle vergnügten uns ab und zu in einem Lokal in der Karthäuserstraße. Mir waren dort zwei junge Männer bekannt. Sie waren bei der polnischen Sicherheitspolizei, genannt UB, und machten mir den Hof. Damals tanzte man Swing, Boogie. War wohl damals auch ein ziemlich attraktives Mädchen, sehr schlank mit prächtigem langen Haar.

In jener Zeit lernte ich auch meinen späteren Ehemann, den Kasimir kennen. Sein Bruder besuchte unsere Familie manchmal. Die R. mochte den Kasimir wohl auch. Sie klimperte eindrucksvoll mit ihren langen Wimpern, verstand sich gut auf's Flirten. Dieses wurde mir erst später bewusst. Eines Tages, als wir uns in der Wohnung meines Freundes aufhielten, nach einigen Gläschen Wodka, knutschte sie sorglos mit ihm herum. Sie mochte Alkohol gern. Leider fiel sie dann aus der Rolle mit ihrem Benehmen oder erbrach sich. Irgendwie hing ich jedoch an ihr, sowie auch später immer wieder an Menschen, welche ich kannte. Das hatte später mit Freundschaft wenig zu tun. Ich klammerte. Dieses tat mir nicht gerade gut. Die R. sah sich deshalb als die überlegene, gerissene Person. Sie heiratete ein Jahr später als ich, 1951, einen Jan. Sie hatte 4 Kinder mit ihm. Wir blieben noch lange Jahre in Kontakt, wohnten in der Nähe der anderen. Als ihr Mann in den siebziger Jahren verstarb, gab sie sich untröstlich. Nach einigen Monaten lernte sie jedoch einen 17 Jahre jüngeren Mann kennen, welcher auch bald darauf bei ihr einzog.

Ich erinnere mich noch an eine Begebenheit. Sie war bei mir mit ihrem neuen Freund eingeladen. Ich war auch schon verwitwet und hatte einen Freund, den Wlodek. Tja, da gab es wieder einiges zu trinken, nur eben kein Wasser. Ohne Wodka ging es damals nicht. Es wurde auch ganz lustig, bis es ausartete. Meine R. war nämlich ganz schön „blau" und ausgelassen. Schließlich fing sie an sich während des Tanzes auszuziehen. Striptease. Alle fanden das lustig, ich jedoch weniger. So gebot ich dem Treiben energisch Einhalt, weil ich mich für sie schämte. Irgendwann reiste R. in die Bundesrepublik aus, noch bevor ich meine Zelte dort abbrach.

Zu dem Zeitpunkt wusste ich schon lange, wie sie wirklich war: Falsch und unaufrichtig, nur auf ihren Vorteil bedacht. R. Hatte schon seit Längerem regen Kontakt zu meiner Mutter gehabt, sie kam zu ihr zu Besuch und tat ihr mit Komplimenten schön. Später unterhielten die beiden auch Briefkontakt. Ich jedoch fühlte mich ausgetrickst, wollte mit dieser Person nichts mehr zu tun haben, war sowieso „abgeschrieben".

ALWINE

Die Alwine lernte ich ungefähr im Jahre 1984 kennen. Damals ging ich des Öfteren in eine Gesprächsgruppe am Baldeplatz in München – „Frauen um die Fünfzig" benannt. Wir saßen zu zehnt oder zwölft beisammen, auch die Almut mit ihrer Schwester. Ab und zu kehrten wir alle zu einem Nachmeeting in das nahe gelegene indische Lokal ein. Dort auch kam ich mit A. persönlich ins Gespräch. Sie befand sich damals in einem ziemlich desolaten Zustand. Ihre Ehe bestand nur noch auf dem Papier. Ihr Mann beachtete sie nicht, sprach auch nicht mehr mit ihr. Dieses alles tat mir recht leid, das sagte ich ihr auch. Danach freundeten wir uns beide an, trafen uns auch außerhalb der Gruppe. Im Laufe unserer

Bekanntschaft verreisten wir auch manchmal zusammen. So bereisten wir z. B., London, Danzig und mehrere Male Italien. Im Sommer ging's an die Adriaküste mit den vollen Stränden.

Sie hatte jedoch die Angewohnheit, auf Ausflügen plötzlich leise zu verschwinden wie eine Katze, um dann nach einiger Zeit wieder aufzutauchen. Dieses Verhalten gefiel mir nicht besonders, auch dass sie des Öfteren vor geplanten Reisen einen Rückzieher machte, schätzte ich nicht. Bin da anderer Meinung. Sie kam da einfach und sagte: „Du, ich kann nicht" und alle Pläne waren im Eimer. Am Geld lag es da weniger bei ihr. Tagesfahrten machten wir auch zusammen. Wir machten uns jedoch bei Werbung des sogenannten „Vortrags" aus dem Staube, indem wir einfach eine Stunde spazieren gingen. Irgendwie konnten wir uns gegenseitig auch schon zum Lachen bringen und rumblödeln.

Unsere Mütter waren in gleichem Alter, während A. 7 Jahre jünger war als ich. Dennoch hatten wir viele Gesprächsthemen über unsere Kindheit und Jugend und wir feixten auch gemeinsam als wir uns so unsere Erlebnisse schilderten. Auch gewisse Videos schauten wir uns bei mir an, zusammen mit der Lucyna, die ich aus Danzig zu Besuch hatte. Wir brüllten vor Lachen. Es sind viele schöne Stunden, die uns verbinden. In den letzten 6 Jahren hatte es sich so ergeben, dass wir jeden Mittwoch ins Volksbad gingen. Dort trafen wir uns um 9 Uhr 30 im Schwimmbecken zur Wassergymnastik. Nach dem Schwimmen gingen wir gemeinsam zum „Bux"; einem vegetarischen Selbstbedienungsrestaurant, um uns von dem vielseitigen Angebot einen Salatteller zusammen zu stellen. Das Lokal befand sich am Viktualienmarkt. Somit gingen wir von dort aus zum Natursaft trinken (meist Möhrensaft), danach noch ein Kaffee (mit oder ohne Kuchen) bei Rischart. War das Wetter gut, ging es weiter in den Englischen Garten. Das war jedes Mal schön für mich. Leider ist es heute nicht mehr so, da ich am Mittwoch nachmittags an einem Volkstanz teilnehme, somit meinen Schwimmtag verlegen musste. Dafür besuchten wir beide ziemlich regelmäßig die Generalproben des Philharmonieorchesters am Gasteig. Die Almut war sogar so nett und stand schon ganz früh nach Karten an. Trotzdem sich unsere Freundschaft zweimal in einer gewaltigen Krise mit viel Abstand voneinander befand, hat sie jedoch lange gedauert. Unser Kontakte wurden dann seltener bis jegliches Zusammensein aufhörte.

LUCYNA

Bevor ich 1982 in die Bundesrepublik ausreiste, war ich während der letzten Jahre in Danzig bei einer Marmeladenfabrik in der Buchhaltung angestellt. Unter einigen netten Kolleginnen arbeitete dort auch eine gewisse Lucyna. Anfangs beachteten wir uns kaum, bis wir mal ins Gespräch kamen. Sie wohnte mit ihrer Mutter in einer Zweizimmer-Wohnung in der Nähe der Ostsee. Da ihre Mutter sie von allen Männern ablenkte, war sie mit 39 Jahren noch allein, gebar jedoch im 42. Lebensjahr einen Sohn. Nun waren sie zu dritt. In dieser Zeit waren wir beide schon befreundet. Wir fanden bald heraus, dass wir so etwas wie Seelenverwandte waren. Unser

Zusammensein gestaltete sich von Mal zu Mal inniger und intensiver. Als ich meine Ausreise aus Danzig in Erwägung zog, lernte Lucyna einen Witwer kennen, einen Seemann. Alle Bekannten, auch ich, rieten ihr, dass sie seinen Antrag annehmen sollte. Sie zweifelte lange, ihre Mutter bestärkte diese Zweifel natürlich nach Kräften. Zuletzt hat sie diesen Mann mit schon zwei erwachsenen Kindern dann doch geheiratet. Sie zog samt Mutter und Sohn in eine größere Wohnung um.

Ich befand mich zu dieser Zeit, ca. 1986, schon in München. Unser beider Kontakt brach jedoch nicht ab, im Gegenteil. Wir mochten uns wie Schwestern. Alle zwei Jahre besuchten wir uns gegenseitig. Sie wohnte bei mir, wenn sie in München war, ich wohnte bei ihr bei Besuchen in Danzig – ein Hotel kam nicht in Frage.

Unsere Diskussionen bei diesen Besuchen, mit lieben Geschenken beiderseits, waren endlos. Immer wieder spürten wir unsere Seelenverwandtschaft, es war eben etwas Besonderes, Kostbares. Über alles konnte wir miteinander reden.

Ihre Mutter war inzwischen verstorben. Da Lucyna sehr an ihr hing, konnte sie diesen Verlust wahrscheinlich schwer verkraften. Ungefähr im Jahre 1995 erkrankte sie ernsthaft, Krebs. Sie wurde behandelt, es ging ihr wieder besser. Wir besuchten uns noch zweimal. Plötzlich 1997 die erschreckende Nachricht – die Krankheit war wieder mit voller Wucht ausgebrochen. Im Frühjahr 1998 verstarb sie. Schon bei meinem letzten Anruf war sie nicht mehr ansprechbar. Danach war ich lange Zeit sehr traurig, da ich weit weg war und ohne Nachricht von Seiten ihrer Verwandten blieb.

Ich konnte nichts mehr tun. Ich werde sie nie vergessen.

MIMI

Unsere Bekanntschaft begann ganz simpel. Anfang der 80er-Jahre befand ich mich an einem Nachmittag in der Cafeteria eines Kaufhauses in München im 4. Stock. Da alle Tische besetzt waren, begab ich mich zu einer Dame, welche allein an einem Tischchen für zwei Personen saß. Wir kamen bald ins Gespräch, tauschten dann wohl auch unsere Telefonnummern aus. Im Laufe der Zeit erlebte ich sie als intelligente, belesene und gemütliche ältere Dame. Mit ihr konnte man über alles reden, was mich bewegte und interessierte. Nach etwa zwei Jahren unsere Bekanntschaft überredete sie mich nach Marokko zu fliegen. Sie war vorher allein in China gewesen. Zuerst zögerte ich noch etwas, weil mir dieses Land damals noch wie ein Märchen aus „Tausend und einer Nacht" erschien.

Es wurde dann jedoch eine interessante Reise, mit vielen Eindrücken einer mir bislang fremden Welt. Ich erinnere mich noch an den Atlantik mit seinen riesigen Wellen und stürmischen Strand. Der Sand wehte uns um die Ohren, ähnlich wie in einer Wüste, sodass wir am Boden schlecht liegen konnten. Vor unserem Hotel rund um den Swimmingpool lagen einige deutsche Frauen oben ohne, während die Einheimischen in der Nähe mit einer Sichel Gras mähten und schon mal ein Auge in die Richtung riskierten. Dieses fand ich geschmacklos von den Frauen, insbesondere weil die weiblichen Personen dort verschleiert umhergingen.

Die Mimi war früher lange Zeit bei einer Firma tätig. Sie durfte auch nach ihrer Pensionierung jedes Jahr eine Hütte, auf dem Hohen Sudelfeld gelegen, benutzen. So fuhren wir einige Jahre im Sommer dort hin, zusammen mit zwei befreundeten Rentnerinnen. Jede bewohnte ihr kleines Kämmerlein. Wir machten gemeinsame Wanderungen in die Berge und sonnten uns auf der großen Wiese hinter dem Haus. Gekocht wurde meistens gemeinsam, jede kam mal an die Reihe. Unseren Proviant hatten wir von München mitgebracht, da es an Ort und Stelle kein Geschäft gab. Nur frische Milch kauften wir dort beim Bauern. Die Kühe, die uns jeden Morgen hinter'm Haus mit Glockengeläute begrüßten, kannten wir jedes Mal wieder. Es war überhaupt recht idyllisch dort droben. Man konnte den Blick in die nahen und fernen Berge schweifen lassen und die ungewohnte Ruhe genießen. Zu dieser Zeit wusste ich längst, dass die Mimi nicht zu den schnellsten gehörte, ja sie war regelrecht immer und überall die letzte. Das war manchmal schon recht schwierig, es bei den Reisen oder Ausflügen dennoch rechtzeitig mit ihr zu schaffen. Die Leute sagten schon mal: „Die Mimi ist da, wir können abfahren." Seit ca. 10 Jahren wohnte sie in einem sehr schönen und komfortablen Seniorenwohnheim. Dort fanden das ganze Jahr über Veranstaltungen, Konzerte, auch kleine Ausflüge statt, zu welchen ich des öfteren eingeladen wurde. Es gab bei Feierlichkeiten Kaffee und Kuchen gratis, auch Bier und Würstchen im Sommer beim sogenannten Rosenfest.

Unsere Kontakte und Anrufe waren weniger geworden, jedoch nicht abgebrochen. Die Mimi war inzwischen 83 Jahre alt und ist im Januar 2003 verstorben.

MARIA

In den 90er-Jahren traf ich öfter eine Nachbarin im Hof meines Wohnblocks. Sie war ziemlich hoch gewachsen mit kräftigem rotem Haar und von sanftem Gemüt. Wir sprachen manchmal miteinander, sie hatte einen alten kranken Vater zu betreuen. Dieses tat sie gegen Abend nach ihrer Bürotätigkeit in einem statistischen Amt in München. Sie hatte auch einen älteren schwarzen Mischlingshund, den sie sehr liebte. Im Laufe der Jahre, er war schon sehr alt, starb der Hund, da sah ich sie sehr traurig an und sprach zu ihr tröstende Worte. „Ja, Hallo liebes Marialein" begrüßte ich sie schon von Weitem. Bald danach gab es ihren Vater auch nicht mehr. Sie war von einer Last befreit. Die Pflege hatte jedoch ihre Gelenke stark beansprucht. Sie klagte darüber oft. Irgendwann überredete ich sie zu einem ersten, gemeinsamen Tagesausflug mit dem Bus. Der Tag mit ihr wurde sehr harmonisch. Wir flakten uns gemütlich auf die 5 Sitze in der letzten Reihe und hatten sehr viel Spaß.

Unsere Begegnungen waren jedoch sporadisch, ohne planen und verabreden. Sie wollte sich nie festlegen. So ist es bis heute geblieben, da sind wir längst enge Freundinnen geworden, mit einer gewissen Seelenverwandtschaft. Sie wohnt nicht mehr in meinem Häuserblock, aber nicht weit entfernt. Nun hat sie seit Jahren 2 große, graue Kater in ihrer kleinen Wohnung als Mitbewohner. Sie schlafen in ihrem Bett, dürfen einfach alles. M. war seit einiger Zeit in Frührente gegangen, wegen der Abnutzung ihrer Gelenke hat sie des Öfteren große Probleme und Schmerzen. Wir redeten auch schon mal über eine gemeinsame Reise, jedoch bis jetzt blieb es nur eine Wunschvorstellung. Eigentlich schade, denn wir verstehen uns prächtig und sind ein gutes Gespann. Wir gehören beide zu den Fische geborenen, daher das gute Einvernehmen und das gegenseitige Verständnis. Leider hat sie sich schon seit längerer Zeit das Rauchen angewöhnt. Ich bin mittlerweile von den blauen Dunst nicht sehr angetan, war ich doch jahrzehntelang passiver Mitraucher bei meinem Mann gewesen. Ich bin inzwischen bei Telefongesprächen verblieben und ihr „Mäuseschwänzchen" und „Ritterblume" geworden. Unsere gelegentlichen Treffs mit Diskussionen sind jedes Mal ein Genuss für Geist und Seele. Sie ist aber inzwischen energischer und aggressiver geworden.

IRMA

An einem Tag im Jahre 2001 war ich im Bus unterwegs, auf einer Tagesfahrt. Da im hinteren Bereich mehr Platz war, setzte ich mich dort hin. Gegenüber vom Gang saß eine Frau, auch allein. Wir kamen ins Gespräch. Irgendwann hielt der Bus. Wir stiegen zusammen aus und verbrachten etliche Stunden bis zur Abfahrt des Busses zusammen. Wir entdeckten da schon einige Gemeinsamkeiten. Es war Herbst und zufällig hatten wir beide uns vor einiger Zeit von unseren Partnern abgewandt.

Nach einem stürmischen zweiwöchigen Urlaub in Italien mit S. hatte ich damals die Nase voll und wollte erst einen längeren Abstand, um zur Ruhe zu kommen. So hatten wir viel Gesprächsstoff. Wir tauschten unsere Telefonnummern aus, um uns mal wieder zu treffen. Wie sich später zeigte, mochte sie viel reisen, genau wie ich. Sowas hatte ich mir schon lange gewünscht, jemanden mit dem man einfach mal so wegfahren konnte. Die I. ist aber nie länger als eine Woche weg. Sie hat eine behinderte Schwester für die sie sich verantwortlich fühlt. Wir haben schon viele Reisen gemacht bis jetzt 2005 aber immer nur E.Z. In dieser Zeit war ich ca. 2003 auch mal im Krankenhaus gelegen ohne dass es unserer Freundschaft etwas angetan hätte. Wir trafen uns nach meiner Genesung regelmäßig wieder jede Woche. Nun hatte es sich ergeben, dass ich Anfang November 2005 wieder im Spital landete. Es wurden dann 10 Tage daraus. Meine Freundinnen haben mich alle besucht auch die Irma.

Sie half mir auch nach Hause mit ihrem Auto. Das ist jetzt Anfang Dezember 2005 schon ein Monat her. In der Zeit war sie zweimal kurz verreist. Inzwischen hatte ich sie angerufen, weil ich nichts mehr von ihr hörte. Sie war kurz angebunden. Danach kam mal ein Anruf von ihr auch sehr kurz. Quasi hat sie keine Zeit usw.

Das alles kam mir schon seltsam vor, da so etwas in den 4 Jahren nie der Fall war. Mir schien es fast von ihrerseits so gewollt. Sie hatte sich zurückgezogen, weil, ja warum eigentlich? Die Freundschaft mit der I. ist zum Glück nun doch nicht beendet, wir treffen uns weiterhin regelmäßig.

FRANZISKA

Einige Jahre lang ging ich dienstags Vormittag regelmäßig zum Qi Gong bei der Frau Sch. Wir waren ziemlich viele, so bis 13 Personen beisammen. Die Leiterin war beliebt, zugänglich und unkompliziert. Dort traf ich Franziska. Da wusste ich noch gar nicht wie sie hieß, sie hatte ihren Stuhl zufällig neben meinem stehen. Sie gefiel mir vom Wesen her und so suchte ich alsbald Kontakt zu ihr. Anfangs war sie zurückhaltend, vorsichtig tasteten wir uns zueinander. Später trafen wir die erste Verabredung, gingen spazieren und zum Kaffee trinken. Danach tauschten wir unsere Telefonnummern. Wir trafen uns in ca. zweiwöchigen Abständen. So sind wir öfters bei „Seebauer" in der Ottobrunnerstraße, dann wieder auf einer Ausstellung. Auch die Neue Messe und die BUGA besuchten wir. Wir mögen beide Wolle und Handarbeit. Auch über unsere Balkons und die Bepflanzung reden wir viel.

Franziska ist eine ruhige, besonne, zurückhaltende, schlanke Frau ohne eigene Familie. Manchmal fährt sie zum Haus ihrer Schwägerin, wenn jene verreist ist, um dort Hund und Katze zu versorgen. Von sich selber erzählt sie wenig, was eigentlich schade ist, denn so könnte ich mir ein besseres Bild von ihr machen. Das Zusammensein mit ihr ist jedoch angenehm. Die Kälte draußen mag sie nicht besonders, da bleibt sie lieber in Räumen oder daheim. Im Sommer sind wir auch schon mal einen langen Nachmittag zusammen. Sie ist ja keine Frühaufsteherin wie ich, sodass unsere Treffs am Nachmittag stattfinden. Vor einigen Jahren erkrankte sie jedoch am Krebs.

Dieses machte ihr einiges zu schaffen, war mit einigen Krankenhausaufenthalten verbunden.

2014 hörte ich plötzlich nichts mehr von ihr. Sie war telefonisch auch nicht mehr erreichbar. Da machte ich mir schon so manche Gedanken, was da passiert war. Nach einiger Zeit bekam ich heraus, dass sie aufgrund geistiger Verwirrtheit nicht mehr in ihrer Wohnung wohnte. Die Schwägerin hatte sie in ein Heim an der Donau einquartiert. Dort ist wohl das Haus von ihr. So brach unser Kontakt jäh ab. Dieses bedauere ich schon.

Meine Kreuzfahrt Nr. 4 November 2000 (Ziel: Israel)

Im Jahre 2000 befinde ich mich auf einer Kreuzfahrt.
Ziel: Jerusalem

7. November, Beirut

Um 8 Uhr früh erreicht unser Schiff Beirut (Libanon). Von dort eine Busfahrt nach Byblos.

Der Tag ist heiter. Wir fahren mit Kleinbussen, je ca. 20 Personen aus dem größten Hafen des östlichen Mittelmeers. Der Bus findet kaum zwischen riesigen Containern heraus. Dann die zweite Passkontrolle (Kopie). Wir fahren am Meer entlang, haben eine libanesisch-italienische Reiseführung. Man sieht viel europäischen Einfluss auf die Gebäude, schöne Meeresbuchten. Das Wetter wird schlechter, der Bus rast nur so. Von Oktober bis Mai ist hier Regenzeit, in Höhen von 1000 m kann auch Schnee fallen.

Wir besichtigen eine alte Kreuzritterburg. Nahe am Meer in herrlicher Lage, sehr viele Ausgrabungen in romantischen Stil. Ein sehr schöner Ausflug, es ist warm, die Mauern sind über und über mit Bougainvillea überwachsen. Herrliche Blüten. Es leben hier 2 Millionen Gastarbeiter aus Syrien, Araber, Äthiopier. Weiter geht es durch

Beirut, wir sehen schöne, aber auch schlechte Häuser mit scheußlichen Vorhängen außen. An den Hauptstraßen sieht man oft Ruinen, im Zentrum zerstörte Häuser. Wir besichtigen kurz Beirut, vieles ist sehr schön, wieder erbaut aus gelbem Kalkstein, alles ist hier sehr sauber. Bei Ausgrabungen in der Nähe stehen Posten mit Gewehr. 40-tausend bis 2 Millionen Dollar kostet hier ein Apartment. Man sieht meist europäische Kleidung, viele Mercedes fahren hier. Hotels und Restaurants vieler Nationen. Sehr schön. Dann wieder Ruinen, in welchen Wäsche zum Trocknen hängt. Überall Schusslöcher in Häusern.

Syrien

Nach Damaskus machen wir Halt in Syrien. Der Hafen empfängt uns mit strömendem Regen. Es warten ca. 30 Busse auf ihre Fahrgäste. Wir fahren 3 Stunden Richtung Damaskus. Es geht entlang verstaubter, dreckiger Straßen mit niedrigen Bäumen. Da auf der Chaussee liegt ein toter Wolf. Nach einer Stunde erblicken wir die größte Raffinerie des Landes mit offenem Feuer aus einem riesigen Kamin. Wir passieren einige Traktoren mit vermummten Arabern darauf.

Dann lassen wir plötzlich den Regen hinter uns. Es ist sonnig. Nun kommt eine Klopause. Dieses ist ein Verlies mit Löchern im Zementboden zum Pinkeln; alles sieht schlecht aus. Ein Junge vom Häusel wollte aber noch Moneten von uns dafür. Wir fahren weiter. Unser Fahrer verteilt kleine Maiskuchen, wechselt uns auch Geld, auch Prospekte gibt es. Am Weg auf einer Anhöhe eine zypressengesäumte Allee mit einem Krankenhaus. Wir halten an und gehen in eine riesige Moschee mit Herrschersitz. Die Frauen müssen hier Kutten und Kapuzen über ihre Kleidung werfen. Beim Hinausgehen bin ich hinter einer falschen Gruppe, sehe dann niemanden mehr von meinen Mitreisenden und gehe zum falschen Ausgang. In meiner Panik renne ich um die Moschee aber keiner aus meiner Gruppe ist zu sehen, nur massenweise andere Besucher. Ich weine laut und schreie: „Where ist my group?" Dann erkenne ich den richtigen Treffpunkt und die Gruppe 1 vom Schiff. Die Führerin beruhigt mich: „Wen suchen Sie?" Komplett aufgelöst und durcheinander gehe ich mit ihnen durch die Märkte zurück und sehe unseren Bus Nr. 15. Er ist noch leer, niemand hat auch nur das Geringste gemerkt. Gehe wütend ins Café nebenan, wo ich „unsere Leute" treffe.

Hatte wieder einen Schutzengel, die Frau der Gruppe 1.

Israel

Israel hat ca. 600.000 Einwohner, davon 40% Juden. Wir fahren wieder mit dem Bus Richtung Bethlehem. Habe mich für diese Tour entschieden, statt ans Rote Meer zu fahren. Unser Reiseleiter ist sehr nett, spricht gut Deutsch, macht auch Witze. 197 siegt Jerusalem im 6-Tagekrieg, hat neue Grenzen. Dann, 1973 wird das Land im Jom-Kippur-Krieg zunächst überrumpelt, nach 20 Tagen Krieg werden die Syrier wieder zurückgetrieben. Im Dezember 1977 will Sadat einen Friedensvertrag mit Tel Aviv. Die Ägypter müssen in die Wüste Sinai. Jetzt leben 100.000 Araber hier im Gazastreifen. Es gibt 3 Sorten Juden: Streng gläubige, schwarz angezogen (mit Bart und Käppi) und 70% liberale. Junge Männer werden ab dem 16. Lebensjahr für 3 Jahre in den Wehrdienst gestellt. Mädchen auch 1 x im Jahr für einen Monat bis zum 15. Lebensjahr.

In Jerusalem sind alle Häuser aus dem gleichen Stein gebaut (Vorschrift). Hier wohnen Araber und Juden. Wir essen im jüdischen Hotel. Trennkost, Koscher, Milch und Fleisch, alles streng getrennt. Es gibt 2 Vorspeisen: Fisch mit Kartoffelsalat und grüner Salat, dann Kotelett, später Cremespeise und schwarzer Kaffee.

Danach fahren wir weiter zur Sterbestätte Herrn Jesus, Golgatha. Über 14 Stationen Grabmalstätte.

Habe unbeschreibliche Eindrücke, fotografiere viel. Wir sind auch in arabischen Basars; kommend dann zur Klagemauer, wir sehen die Juden sich wiegen und beten, alle in schwarz mit langen Bärten und Hüten. Bin auch an der Mauer, Frauen und Männer separat. Es werden auch Zetteln in die Steine gesteckt. Wir laufen treppauf, treppab, alles ist so beeindruckend.

Danach geht es in den Garten „Gethsemane" mit einer schönen Kirche, dort befindet sich auch der Stein, auf dem Jesus saß, nachdem er verraten wurde.

In der Kirche singen wir dann: „Großer Gott, wir loben Dich" – alles hat unser Führer organisiert, einfach toll. Gleich darauf beginnt eine kleine Messe, höre plötzlich: „W imię Ojca, i Syna" und denke ich höre nicht richtig, es sind polnische Pilger. Eine junge Frau von unserem Schiff (mit „Lot Fly" angereist) redet plötzlich kurz mit mir polnisch. Ca. 16.30 Uhr fahren wir weiter.

Bethlehem

Der Weg: steinige Wüste mit einzelnen Häusern, auch viele russische Siedlungen, sodass man sagt, die erste Sprache ist Russisch und erst die zweite Hebräisch. Von hier werden 70 % aller Brillanten der Welt exportiert. In Bethlehem leben keine Juden. Wir kommen in ein schönes Geschäft mit anständigem WC. Schreibe im Flug Postkarten. Schon geht es weiter zur Geburtsstätte unseres Herrn Jesus. Sehr andächtig und ehrfürchtig betrete ich die heilige Stadt. Es ist der Wahnsinn, nie hätte ich mir dieses Erlebnis träumen lassen. Da wir Zeit sparen wollen, fahren wir wieder ein Stück, sehen in der Wüste Juden. Große rote Steine markieren den Weg. Selten sind auch Beduinen sichtbar. Wir passieren den Hügel Har Homar. Wir erfahren, dass Beduinenmänner nichts tun, nur die Frauen dürfen arbeiten. Noch immer erstreckt sich die Wüste mit Olivenbäumen. Von 40 Ausflugsteilnehmern sind wir nur 5 Einzelpersonen, überall stolperte man über händchenhaltende (Ehe-)paare, manchmal zum Kotzen. Die Sonne geht gerade rot hinter Jerusalems Bergen unter. Wir halten nochmal vor einem Elvis P. Shop mit zwei riesigen Statuen von ihm vor dem Lokal, welches innen über und über mit großen und kleinen Fotos von Elvis bestückt ist.

Kaffeepause: Ich mag nichts trinken oder essen, außer einer Birne. Jetzt geht es wohl endlich zum Schiff zurück.

9. November

Heute haben wir einen Tag auf See. Die Sonne scheint. Frühstücke gemütlich, danach begebe ich mich ganz nach hinten aufs Heck. Liege im Liegestuhl in kurzer weißer Hose, aber dennoch warm eingepackt, weil ich nicht so 100% okay bin. Treffe mittags wieder eine bekannte Engländerin, als ich wieder im Liegestuhl verweile. Verabrede mich mit ihr, morgen beim Landgang in Gythios, einen Rundgang zu machen. Nine o'clock thirty, mal sehen ob es klappt. Gehe in den Fitnessroom zum Radeln. Es ist dort unter der Glaskuppel sehr heiß. Danach möchte ich ruhen, bevor ich zum Essen an Deck gehe. Dabei komme ich mit einem Ehepaar ins Gespräch, wir reden lange. Wasche mir noch die Haare, setze mich wieder in die Sonne. Man sieht jetzt eine dunkle Wolkenwand hinter der Sonne, mach noch einen Rundgang auf die Kapitänsbrücke mit anderen Leuten, bewundere die viele Technik. Gehe mit einer jungen Frau aus Bonn zum Kaffeetrinken, mit einer halben Stunde Tanzunterricht. Von dort gehe ich um 6 Uhr in die kleine Schiffskapelle, esse danach ein kl. Stückchen Pizza in einer der Bars und einen Apfel.

Abendessen lasse ich ausfallen, es ist dort eh stinklangweilig am Tisch und man muss lange auf alle warten. Hocke auf meinem Bett mit dem Apfel und mache meine Notizen. Abends um halb acht gehe ich in die Flamingo Bar, ein Harmonikaduo tritt auf, danach gegen 21 Uhr ins Theater auf der anderen Schiffsseite, wo es wieder „etwas" geben soll. Dann schlafen. So sah der Schiffstag nur an Bord aus. Erholung auf See. Bin sehr froh, dass ich in meiner Kabine alleine wohne, ohne diese protzige

Frau, Angeberin. Sie war als „Stammgast dieses Schiffes" gleich am Anfang der Reise in eine Einzelkabine verlegt worden. Glück für mich.

10.11.2000 Griechische Insel Gythios

Um ca. 7.00 Uhr früh ankert unser Schiff vor einer kleinen Hafenbucht. Der Himmel ist klar, die See ist sehr unruhig. Begebe mich mit der Engländerin und dem schweizerischen Ehepaar auf eines der Tenderboote, welche uns aufs Festland hinüberbringen. 2 Stunden Aufenthalt, nur Spazierengehen ist drin, dann geht es zurück. Die Boote warten, wir steigen ein. Es gibt ziemlich starke Wellen, dazu ist es windig, mehr als auf der Hinfahrt. Das Boot schaukelt fürchterlich und knallt an den Steg bis endlich alle eingestiegen sind. Wie legen ab Richtung Schiff. Das Boot hat einen Innenraum mit großen Fenstern. Riesige Wellen schlagen daran. Wir hauen unten auf Wasser wie auf Stahl. Die Boote sind ca. 25 m lang und gedeckt. Tragfähigkeit ca. 50 Personen. Unser Schiff wartet wie eine Burg in der Brandung auf uns. Da wir beim Aussteigen noch über ein Pontonboot müssen gibt es Probleme, es schwankt so arg, dass kein Mensch darüber gehen kann. Unser Boot erhält irgendeine Order, legt wieder ab. Wir schaukeln auf den Wellen entsetzlich, müssen warten und warten, es wird uns bange. Endlich, beim zweiten Anlauf können wir da raus. Später erfahren wir, dass unser Schiff etwas gewendet hat, um die starken Brecher zu dämpfen. Das alles war sehr abenteuerlich. Mit dem Mittagessen warte ich noch ab. Beobachte vom Schiff aus hoch oben im 6. Stock die

Boote, die noch immer ankommen, alle wollen schnell raus. Bis alle an Bord sind und wir ablegen haben wir eine Stunde Verspätung. Esse später wie immer am Selbstbedienungsbuffet. Heute komme ich sogar mit einem französischen Ehepaar ins Gespräch, sie spricht fließend Deutsch. Dann liege ich auf dem Liegestuhl an Deck, solange die Sonne noch scheint. Gehe danach hinab zum Gruppentanz welcher bis 17 Uhr dauert.

Heute haben wir erneut Galadinner, unter anderem mit flambierter Eistorte. Nach 20 Uhr gehe ich in meine Kabine und schreibe noch etwas. Später erhalte ich mein Today Blatt vom Steward.

11.11.2000 der letzte Tag

Es ist gegen 7 Uhr früh. Auf dem Bildschirm in meiner Kabine sehe ich die Position unseres Schiffes. Wir befinden uns jetzt ganz nahe an der kalabrischen Küste, nordöstlich von Sizilien. Nach ca. 2 Stunden werden wir die Meerenge von Messina passieren. Das werde ich beobachten. Hoffentlich ist in der Zeit nicht unsere Ausschiffungsbesprechung. Also werde ich gleich duschen und an Deck gehen. Befinde mich im Untergrund. Der Tag geht schnell vorüber mit „in der Sonne sitzen, die hier noch warm scheint, sowie mit etwas Tangoschritten lernen".
Plötzlich werde ich nervös, fange an wild zu packen, es gibt ein Durcheinander in der Kabine. Gehe zum Abendessen, bekomme kaum etwas herunter. Um 21.30 Uhr kommt dann die Zeitung für morgen, da erwartet auch der Jose (Steward) sein Trinkgeld. Koffer kommt vor die Kabinentür.

12.11. Abreise

Schlafe sehr unruhig, es ist im Gang draußen sehr laut, da alle Koffer gestapelt werden. Es gibt wieder das Knarren in der Wand, schlafe schlecht. Um 6 Uhr früh höre ich den Wecker leise piepsen. Stehe ruck zuck auf und gehe sogleich zur Rezeption zum Zahlen. Es gibt da lange Schlangen, stehe gut 40 Minuten an. Ein Mann vor mir nimmt noch Rechnungen von Bekannten an. Protestiere laut, aber ohne Erfolg. Er stinkt und ist auch noch frech. Nachdem ich meine Dollars losgeworden bin, gibt es Frühstück. Gehe danach meine große Tasche aus der Kabine holen und begebe mich zum Sammelraum für rote und lila Etiketts. Nach ca. ½ Stunde ist mein Aufruf zum Ausgang.

Unser Schiff hat inzwischen bei ziemlich viel Wind und Wetter im Hafen von Genua angelegt. Die Koffer befinden sich in einer Halle. Finde den meinen schnell, gehe nach draußen, wo 2 Busse zum Airport warten. Steige ein, nachdem die Reiseleiterin meinen Namen auf der Liste fand, sitze zweite Reihe. Da kommt ja schon meine bekannte Engländerin (Pam) und setzt sich neben mich. Später sehen wir uns in der Halle des Kleinen Airports in Genua wieder. Ein einzelner Engländer ist auch da. Sie haben noch Lira. Ich nicht mehr, da meinte die Pam, er solle auch mir einen Kaffee spendieren. Er gibt mir dann auch 1500 Lira, also trinke ich einen Cappuccino mit. Sehr nett. Sie fliegt um 14:00 weiter, wir erst um 16:05. Zwei Ehepaare sind noch da, Berlin u. München. Gehe noch auf die terrazza panoramica. Sehe die British Airlines starten. Bye Pam. Gebe mein Gepäck auf und gehe an die Luft. Das Paar aus M. sind unzugängliche Leute. Sehen nur sich selber und das andere Paar. Hatte jedoch auch nette Leute dabei, sowie ein Ehepaar aus der Schweiz. Gleich wird es aus dem Gate 2 zum Flieger gehen. Hier sitze ich nun und schreibe. Warte jetzt 6 Stunden hier in der Halle. Endlich an Bord. Wir starten und überfliegen zusammen mit einem Dolomitenflieger die Berge, alles ist tief verschneit. Jetzt die Höhe von Innsbruck. Bekomme einen Cocktail und kleine Schnitten. Alles sehr gut.

Ende meiner Singlereise

Die Autorin

Evi Zillik wuchs in Danzig, heutiges Polen, auf. Sie machte mit 40 Jahren ihr Abitur mit Fremdsprache Polnisch. 1982 verließ sie schweren Herzens ihre Heimat und ihr geliebtes Meer. Über Friedland kam sie nach München, wo sie bis heute lebt.

novum VERLAG FÜR NEUAUTOREN

Der Verlag

*Wer aufhört
besser zu werden,
hat aufgehört
gut zu sein!*

Basierend auf diesem Motto ist es dem novum Verlag ein Anliegen, neue Manuskripte aufzuspüren, zu veröffentlichen und deren Autoren langfristig zu fördern. Mittlerweile gilt der 1997 gegründete und mehrfach prämierte Verlag als Spezialist für Neuautoren in Deutschland, Österreich und der Schweiz.

Für jedes neue Manuskript wird innerhalb weniger Wochen eine kostenfreie, unverbindliche Lektorats-Prüfung erstellt.

Weitere Informationen zum Verlag und seinen Büchern finden Sie im Internet unter:

www.novumverlag.com